ラルーナ文庫

プラネタリウムの輝夜姫

綺月 陣

JN103193

三交社

CONTENTS

プラネタリウムの輝夜姫……5
あとがき……284

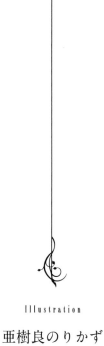

Illustration

亜樹良のりかず

プラネタリウムの輝夜姫

本作品はフィクションです。
実際の人物・団体・事件などにはいっさい関係ありません。

「麻呂は輝夜様に、十頭の牡鹿を捧げましょう」

「牡鹿十頭なぞ片腹痛いわ。吾は城を建てて進ぜよう」

「城など小さき鳥籠に過ぎぬ！　予は領地の山を献上じゃ！」

おのれ、なにを申すか！　と三人三様で火花を散らす求婚者を前に、さきほどから輝夜は口を噤み、かつてないほど落胆している。

「……麻呂も吾も予も、私は好かぬ」

ようやく零した悲しい本音は、まるで水に墨を一滴垂らしたかのように、胸の奥まで広がってゆく。それは言葉にし難い不安となって、輝夜の顔を曇らせる。

『まだ幼い其方を竹藪で見つけたとき、なんともまあ可愛らしゅうて、腰が抜けるほど驚いたものだ』と育ての父が絶賛すれば、『いまも眩しいほど美しくて、光り輝く玉のようです』と、育ての母も褒めてくれる。そんな輝夜の三国一と称される美貌も、今宵は確実に、くすんでいるに違いない。

月族の輝夜は、二十歳の誕生日には稚球人のもとへ嫁ぐつもりでいた。だが、いまこの接見の間で対峙している求婚者三名のうち、誰かひとりを選ぶどころか、誰をも愛せる気がしない。

なぜなら輝夜が求めているのは虚栄や物欲ではなく、真心……いわゆる「真実の愛」だからだ。

輝夜の性別は、稚球で言えば男性——殿方に分類されるが、相思相愛の行為によって子を宿す稀少種、月族・殿組派生の末裔だ。逆に言えば、どれだけ睦みあったとしても、愛がなければ子は宿らない。

そこで敢えて言わせてもらうなら、愛のない相手と子作りに励めるか？　それこそ無理と申すもの。でも、それでも早く心を決めてしまいたい事情がある。

じつはいま、輝夜の種族は絶滅の危機に瀕している。よって一日も早く愛する人と睦みあい、多くの子を成すようにと月族の長老から命じられ、この稚球へ派遣された。

ここで輝夜が選択を誤れば、一族は途絶えてしまう。……ややこしい説明は、後ほど改めて。いまは正直それどころではない。事態は一刻を争うのだ。

とにかく一族の命運は、輝夜に託されているのだった。

困惑する輝夜をよそに、求婚者たちは互いの胸ぐらを吊りあげたり、烏帽子を奪って畳に叩きつけたり、扇子で相手の顔を突いたりと、呆れるほど幼稚な争いを展開している。

稚球の殿方の幼さに、結婚への想いはますます遠のき、冷めてゆく。

だが今夜こそ決断しなくては。なかなか相手を決められずにいる輝夜のために、わざわざ帝が厳選された御三方なのだから。……選考基準がよくわからぬが。

「私は、どうすればよいのじゃ……」

泣きたい思いで吐露すると、輝夜の狩衣(かりぎぬ)の袖の下から、兎(うさぎ)の耳がニュッと現れた。二本の耳をピンッと立たせ、心配そうに見あげてくる円(つぶ)らな赤目の持ち主は、白兎。輝夜の護衛・宇佐吟(うさぎん)だ。

年齢でいえば輝夜の倍だが、体の大きさは四分の一。両耳を高く伸ばして後ろ脚で立てば、輝夜の半分を少し超える……というわけで、じつは輝夜は結構小柄だ。ついでに、兎の庇護(ひご)欲をそそるくらいには童顔だ。

「無理はなりませぬぞ、輝夜どの」

「宇佐吟……」

「二十歳の誕生日までに伴侶(はんりょ)を決めねばならぬという法律は、稚球にも月にもございませぬ。輝夜どのがご自身に課せられた目安に過ぎませぬゆえ、お急ぎになりませぬよう」

ありがとう……と、輝夜は宇佐吟に微笑(ほほえ)み返した。この可愛らしくも知的な護衛は、いつも輝夜の気持ちを最優先にしてくれる。

輝夜が養父母の養子になれたのも、筍(たけのこ)掘りにやってきた養父をみつけた宇佐吟が、跳んで跳ねて歌って踊って、輝夜のいる竹藪へ誘導してくれたからだ。さすがは宇佐吟、人を見る目に長(た)けている。

宇佐吟はいつも袖無しの袢纏(はんてん)を着ているが、どこから見ても普通の白兎だ。ただし言葉を自在に扱えるし、読み書きもできる。優秀で有能な護衛であり、家族も同然の大切な存在だ。宇佐吟は月で暮らしていたころからずっとこうして、輝夜の傍(そば)にいてくれる。

「気が進まぬなら、お断りすればよいのです。養父母どのは輝夜どののお気持ちを、必ずやご理解くださいましょう」

もちろん理解してくれるだろう。だが今夜は、もうわがままは赦(ゆる)されない。少なくとも輝夜は、そう思っている。

なぜなら求婚者たちが連日連夜この屋敷へ押しかけては、養父母に無理難題をふっかけるさまを見てきたからだ。「儂(わし)であれば輝夜様を孕(はら)ませられる」とか、「孕むかどうか、試しに夜伽(よとぎ)をさせろ」などと、その傍若無人ぶりは聞くに堪えない。

そんな礼儀知らずの輩(やから)に対しても養父母は毅然(きぜん)とした態度を崩さず、「然(しか)るべき殿方のもとへ嫁がせます」と、輝夜の楯(たて)になり続けてくれた。

だが養父母は、もう七十を超えた。これ以上無理をさせるのは……忍びない。

十歳で稚球に降り立ち、はや十年が経過した。だから、そろそろ恩返しせねば。早く安心させてやらなければ。

だから輝夜は「二十歳の誕生日」という期限を自分に設け、御簾(みす)越しにではあるが精力的に嫁ぎ先候補と接見し、ときには歌を詠み交わし、文(ふみ)の交換も続けた。でも……。

その期限を明日に控えたいま、輝夜の心は、いまだ混迷の渦中(かちゅう)にある。

輝夜の迷いがわかるのだろう。宇佐吟が後ろ脚で立ちあがり、輝夜の肩にふわふわの両手を添え、こんな言葉を口にした。

「このようなことを申すのは気が引けますが、帝の推薦を受けて参上したと申す真打ち御三方は、資産は潤沢で家柄もご立派でしょうが、著しく品格に欠けておりまする」

「……じつは私も、そう思う」

「それであれば、勇気を持って断りなされ」

ほれ、とばかりに肩を押されて促されるも、養父母の心労を秤にかければ、これ以上、別種族の存続問題に巻きこむのは心苦しい。

「ええい！　まだ迷うておるのか！」

突然の恫喝に驚いて、輝夜はヒッと身を竦めた。

三人の求婚者がこちらを睨み、いまにも飛びかからんとするのが御簾越しに見えた。お近づきになられますな！　と、養母が御簾を背にし、両腕を広げて輝夜を庇う。

「玉のような美貌というのは嘘なのじゃな？」

「そうだ、そうに違いない。だから一向に顔を見せぬのだ！」

「なんと、我らを謀ったか！　ならば予が、この場で成敗してくれるわ！」

偽るわけがないのに。心から愛しあい、尊敬しあい、信頼しあい、多くの子を成し、安心して育める、永遠の伴侶を望んでいるだけなのに。

恐れよりも、悲しみが湧く。

輝夜に求愛する稚球人は、いつもなにかしら怒っている。血の気が多く、威張って短気で、どうしても好感を抱けない。同じ稚球人でも、養父母とは雲泥の差だ。

長考がすぎる自分も悪いという自覚はあるが、だからといって勢いに任せて決めてしまえば、きっと後悔する。なにせ自分だけでなく、一族の命運が懸かっているのだから。

「さぁ！」

「さあさあ！」

「さぁさぁさぁ！」

もう、これ以上引き伸ばすのは……。

「輝夜が怯えております。今日のところはお引き取りくだされ！」

「うるさい！　退け、この老いぼれ！」

——いま、養父が突き飛ばされた。非難する間もなく御簾に手を伸ばされ、割って入った養母が押しのけられる。弱々しい悲鳴をあげて、養母が畳に蹲る。反射的に輝夜は腰を浮かせた。「顔を出してはなりませぬ！」と養母が止めたときにはもう、御簾を撥ねあげ、養母に覆い被さっていた。

「お怪我はございませぬか、お母様！」

「ああ……輝夜。わたくしは大丈夫ですよ」

養母を起きあがらせようと、背を支えたとき。

狼が兎を見つけた瞬間のような、獰猛な気配に緊張が走った。

おそるおそる目線を上げて振り向けば、欲望に染まった六つの目！

「噂に違わず、お美しや。いやはや、噂以上にお美しゅうございますのぅ」

「なんと目映い白肌ぞ、なんと艶めいた黒髪ぞ！」

「小兎のような眼差しに、椿の花弁のような唇じゃ」

我慢ならぬ……と三人が唾液を啜り、距離を詰めながら声を揃える。

「今宵、枕を交わそうぞ！」

無理――――っ！

おぞましさのあまり、輝夜は絶叫した。普段は生えない兎耳がピョコッと飛びだし、慌てて烏帽子の中に両耳を詰めこむ。そして輝夜は養母を庇ったまま、首を横に振って精一杯の拒絶を示した。

「まだ愛を育んでもおりませぬのに、ま、まま、枕など交わせませぬっ！」

表面張力でこらえていた涙が左右に散る。「おおっ！」と男たちが手を伸ばし、その涙を掌に受ける。

「真珠のように美しい涙でございますなぁ」

情けなく顔を弛め、麻呂が掌で涙を転がす。

「毎夜、泣かせてみたいものだ」

ほくそ笑みながら、吾が涙の匂いを嗅ぐ。

「涙がこれほど美味ならば、あちらの雫は極上の美酒じゃな」

掌の涙をベロリと舐め、酔わせてみよ……と下卑た笑いで、予がにじり寄る。

「ううう……っ」

おぞましさも限界だが、気絶するわけにはいかない。自分には大切な使命がある。

「いまは苦手でも共に暮らせば、好意や情が育つやもしれぬ」

「軽はずみなことを仰いますなっ」

狩衣の袖の下に滑りこんできた宇佐吟が、輝夜の指貫を両手でつかみ、早口で窘める。

「好意どころか、ますます嫌いになったら目も当てられませんぞ！」

「でも……ほれ、麻呂は雅で、穏やかであるし……」

「あれは、ひ弱と申しまする！」

「吾は、生気に満ち溢れておるし……」

「あれは欲張りというのです！」

「予は……予は……っ」

「あれは紛うことなき変態にございまするっ！」

断言されて、ますます背中に虫唾が走る。

「かくなる上は目を閉じて、指を差して、決めてしまおう」

運を天に任せかけたとき、「輝夜！」と養父が叫んだ。

輝夜を背に庇い、「心を偽ってはならぬ」と冷静に諭す。今日までずっと本物の父として慕ってきた養父の深い声に、輝夜の目からパタパタと涙が零れる。

「偽ってなど……おりませぬ」

強がりは、見抜かれていた。笑みを浮かべて首を横に振っているのが、その証拠だ。

「育てといえど、私はお前の父だ。親の目は欺けぬ。だから、輝夜……」

振り向いた養父が静かに言った。「自分のために生きなさい」——と。

「そうですよ、輝夜。自分のために生きたとき、初めて運は拓(ひら)かれるのです」

「自分のために生きたとき……？」

養父母の愛情に心打たれたか、宇佐吟も切々と訴えてくる。

「輝夜どのが求める愛は、相思相愛でございましょう。興味本位と混同してはなりませぬ。無駄に急(せ)いて見誤りますな。我らの望みは、輝夜どのの幸せでござりまするっ」

袖にされたと思ったか、求婚者たちの態度が急変、恫喝に転じる。

「ええい、おとなしく聞いておれば！　屋敷に牡鹿の群れを放ってもよいのじゃな？」

「吾は界隈(かいわい)の山賊に命じ、屋敷を破壊させようぞ！」

「まどろっこしい！　予が火の矢を放ち、家ごと丸焼きにしてくれるわっ！」

なんと酷いことを……と輝夜は震え、膨大な悲しみに襲われた。

そもそも自分が稀少価値だから求められるのだ。珍しいから奪いあいになるのだ。優越感と所有欲を満たすための道具としか見られない我が身が、不憫でならない。

だが、こうも思う。悪いのは稚球人ではなく月族ではないのかと。子種を求めて稚球を訪れておきながら、そこに住む者に文句をつけるのは、考えてみれば図々しい。

だから……そもそも稚球へ来たことが、間違いだったのだ。

ついに答えに行き当たり、悲しみで目の前が真っ暗になる。だが、どうせ奪いあいになるのであれば、稚球も月も同じこと。

「だったら――――月へ帰りたい！」

十歳で稚球へ送られる前、月から眺める稚球は青く、夢と希望に満ちていた。性欲が旺盛で雑草並みの繁殖力を持つ稚球人と愛しあえば、きっと次々に子が産まれる。その子らを月へ還元すれば、月族の未来は安泰だという長老の説に、輝夜は賛同したのだった。

生まれたときから輝夜の護衛を務めてくれる宇佐吟も、稚球へ同行してくれる。だからなんの不安もなかった。運命の相手と巡り会える将来に期待しかなかった。

いまとなっては月の輝きが愛おしい。蓬を摘み、兎組の皆と餅を搗き、団子をこしらえて食べた時間が懐かしい。親はなくとも、思い出は随所に残っている。

輝夜ははらはらと涙した。そして心を強く持ち、顔を上げて言い放った。

「子を成したい殿方は、ここにはおりませぬ！」

「なんじゃと？」

「いま、なんと申した？」

「もう一度言うてみよ！」

「何度でも申し上げます。私はあなた方のうち、誰のもとへも嫁ぎませぬっ！」

よくぞ申した！　と、讃（たた）えてくれたのは養父母だ。

「其方の美貌は、稚球人を鬼に変える。鬼に食われる輝夜など、見とうない」

「そうですよ、輝夜。私たちを案じることなく、故郷へ帰りなさい」

今日までよく耐えましたねと慰められ、視界が涙で大きく揺れた。よき殿方と巡り会えますようにと、いつも応援してくれた養父母のためにも潔く月へ帰り、一から仕切り直すのだ。そしていつか養父母に、おかげさまで幸せになれましたと……報告したい。

「帰るぞ、宇佐吟」

「待っておりました、輝夜どの！」

なんだと？　と、麻呂と吾と予は怒髪天だ。「なんのための接見じゃ！」と、今度は輝夜につかみかかる。

「輝夜どのに触れるな！　この無礼者！」

畳を蹴（け）った宇佐吟が、きえーっと奇声を発して宙返りした。いつも斜めがけしている神楽笛の紐を解いて手にし、くるくると回転させる。麻呂と吾と予が呆気に取られているすきに、輝夜は狩衣の裾を捲りあげ、脱兎のごとく庭へ飛び降りた。

「お父様、お母様、お達者で！」

「さらばだ、輝夜！」

「本物の愛をつかむのですよ！」

「はい、必ずや！」

宇佐吟が神楽笛を振り回し、武闘派の予と互角に戦っている。養父は吾の腕に嚙みついた。養母も座布団を振りあげ、麻呂の頭を何度も叩く。飛ぶならいまだ、急がねば！

輝夜は月光の降り注ぐ庭を全力で駆けた。池を越え、垣根に飛び移り、煌々と輝く月に向かって両手を差し伸べた。

「月族の使者よ！　ただちに迎えにまいられよ！」

予の顔面を蹴った宇佐吟が、反動を利用して高く飛ぶ。空中で何度も回転しながら神楽笛を横に構え、「ぴゅるり〜っ」と吹いた。

刹那、黄金色だった満月が、真っ白に光った。

直後、稚球に追突するかのような勢いで、ぐんぐん迫ってくる。稚球ごと光に呑みこまれそうだ。

「あ……っ」

足が垣根から離れ、体が宙に浮いた。重心が傾き、逆さになった拍子に烏帽子が脱げ、兎の耳と髻（もとどり）が顕（あら）わになる。烏帽子を取り戻そうとして伸ばした手は、虚（むな）しく宙を掻（か）くばかり。あれよあれよという間に、屋敷の屋根ほどの高さまで舞いあがっていた。

見れば宇佐吟も、くるくると回転しながら浮いている。輝夜は懸命に腕を伸ばし、神楽笛の紐をつかみ、引きよせた。そしてヒシッと宇佐吟と抱きあう。

「ご覧ください、輝夜どの。月族の使者たちです！」

言われて背後を振り仰ぐと、視界のすべてが輝きに覆われ、思わず輝夜は息を呑んだ。

龍笛（りゅうてき）、尺八、箏（そう）に笙（しょう）、羯鼓（かっこ）に琵琶（びわ）に、笏拍子（しゃくびょうし）。雅な音楽が聞こえてくる。楽器を鳴らしているのは白兎。輿（こし）を担いでいるのも白兎。みな宇佐吟と同じで雅な織りの、袖のない袢纏を着ている。あれは間違いなく宇佐吟の仲間、月族兎組の隊列だ！

輿を担いだ白兎の一団が、輝夜たちの前で停（と）まった。誰も触れていないのに、輿に下がっていた御簾がするすると巻きあがる。

宇佐吟が使者と挨拶（あいさつ）を交わし、輝夜の束帯の袖を引く。

「お乗りくだされ、輝夜どの」

「わかった。宇佐吟も……」

一緒に、と輿の中へ促したとき。

「放てーっ！」

号令にギョッとして、輝夜は地上を凝視した。

一体どこに潜んでいたのか、兜と鎧に身を固めた何十人もの兵が弓を構え、次々に矢を放った。

「うわっ！」

御簾を射られ、体勢が崩れる。慌てて輿に飛びこむが、担ぎ手も慌てふためき、輿が激しく揺れ動く。琵琶も笙も弾き飛ばされ、月族の使者たちの連携が大いに乱れる。

「宇佐吟っ！」

「輝夜どのっ！」

手が離れ、宇佐吟が宙に放りだされる。助けようと身を乗りだしたところへ矢が飛んできて、輝夜の頭をギリギリ掠める。髻を結っていた紐が切れ、髪が風に掻き乱される。

「危険です、輝夜どの！　顔を出してはなりませぬっ」

神楽笛を振り回し、矢を叩き落としながら宇佐吟が叫ぶ。だがその宇佐吟を射落とさんとして、矢が束になって襲いかかる！

「危ない、宇佐吟――――ッ！」

輿が空中分解するさまを、輝夜は瞳に映していた。

背景には、巨大な満月。どうやら自分は、落下している最中らしい。

もう駄目だ……と観念して、目に映る美しい光景に想いを馳せる。

あの場所へ戻れなかったな……、子孫繁栄の大役は果たせなかったな……、本懐を遂げられぬまま、死ぬのだな……と。

月族の役に立てなかった。愛する人と巡り会えなかった。無念で残念極まりない。

月族の長老も、稚球の養父母も宇佐吟も、たくさんの愛情を注いでくれた。だから輝夜は、愛を知らないわけではない。それどころか、真の愛に包まれた二十年だった。

愛とは、与えるほうも与えられるほうも、双方の心が豊かになり、互いが笑顔になることだ。生きる源であり、未来への活力を生む。それが、皆から授かった愛だ。

ただ、そういった種類の愛ではなく――周りの景色が見えなくなるほど一途な愛も経験してみたかった。燃えるような恋愛に、この身を投じてみたかった。

見つめあうだけで子を成さずにはいられないような恍惚を、体験してみたかった。

愛し愛されながら、身も世もなく悶えてみたかった。

そういう自分に、じつは憧れていたのだ。この体質に生まれてから、ずっと。

「無用の長物で……すまぬ」

落下しながら、宇佐吟に向かって謝罪した。ひとつも恩を返せなかったことが心残りでならない。宇佐吟がヒシとしがみつき、ぶんぶんと首を横に振る。

「なにを仰ります！　輝夜どのは、その存在自体が宝なのでございまするぞ！」

「宇佐吟には、苦労ばかりかけたな」

「苦労などと思ったこともござりませぬ。愉快な一生にございました」

はは、と宇佐吟が笑った。ここで笑われると、哀しみが倍増する。

「いつも私を助けてくれたのに……私は、お前に迷惑ばかりかけた」

「そんなふうに仰いますな、頼られて、嬉(うれ)しゅうございましたよ」

「宇佐吟……」

このあと地上に叩きつけられる際に、宇佐吟の白い短毛が、土で汚れないように。

長く守り続けてくれた小さな体が傷つかないように。痛い思いをしないように。

輝夜は背を丸めてしっかりと宇佐吟を抱えこみ、歯を食いしばって目を瞑(つぶ)った。

◇◇◇

――さきほどから固く目を瞑り、地面に叩きつけられる覚悟をしているのだが。

もう地面で平たくなっていても、おかしくない時間なのだが。

どうしたことか、なかなか衝撃が訪れない。

「なにせ稚球人の矢が届く距離、たいした高さではなかったはずじゃ」

いまか、いまか、と何度も覚悟を組み立て直すが、滞空時間が予想外に長く、覚悟に雑念が混じりだす。

「焦らされると、よけいに恐怖が増すではないか」

頬に受ける風の流れは相当速い。落下しているのは間違いない。だからこそ身を強ばらせて絶命の瞬間を待つのだが、まだ空中とは、これいかに。

輝夜は宇佐吟を抱えたまま、「長すぎる！」と叫んだ。腕の中の宇佐吟も、「ひと思いに殺してくだされ！」と錯乱している。少しでも状況を探ろうとして、バタバタ靡く両耳を引っこめ、落ちつこうと努力するのだが、目を開ける勇気はない。

「いま、どのあたりでございますか！　輝夜どの！」

「わからぬ！」

「そろそろ屋根にぶつかりますか？　それとも池に落ちますか？」

「わからぬーっ！」

ビュオオオと風が唸る。落下速度はかなりのものだ。ヒイッと宇佐吟が身を縮める。そんな宇佐吟を抱き竦め、輝夜は自分に言い聞かせた。

「確かめるには、目を開ければいい。だが、目を開けた直後に地面とぶつかる可能性もある。恐怖でおかしくなったとしても、そのときには、もう死んでいる」

ええい！　と勇気を振り絞り、くわっと両目を見開いた……のだが。

えっ？　と、気の抜けた声が出た。

視界が白い。形あるものが、ひとつもない。輝夜は周囲に目を走らせた。

「月は？　稚球は？　使者たちはどこへ消えたのじゃ？」

月も稚球も月族たちも、なにも見えない。視界を遮る白いもやもやは濃霧だろうか。くるくると回転しながら落ちているようだが、重量のあるものは落下する。よって、いま向かっているほうが下であろうと推察する。

「……――おお！」

突然、濃霧が晴れた。

現れるのは屋敷の屋根か、池か、それとも麻呂と吾と予の顔か！　と身構えたら。

まるで毬を投げたかのように、ふわっと体が放りだされた。

切り裂く勢いで頰を掠めていた風も、唐突に止んだ。

目に飛びこんできたのは、うっとりするほど巨大な満月と、そして……。

こちらへ向かって両腕を差し伸べる、見たこともない装束の殿方だった。

殿方の腕の中に、輝夜はポスッと落下した。

落下したというより、殿方が上手に受け止めてくれたのだ。……なんと力強い両腕、なんと逞しい胸板。名だたる弓の使い手と見た。

「きみ、大丈夫？　怪我はない？」

横抱きにされたまま訊(き)かれ、輝夜は瞬(まばた)きした。輿に向かって矢を放った兵のひとりではないのか？　と訊きかけた口を閉じたのは、あるべきものがなかったからだ。

この殿方は、兜も鎧も身につけていない。ということは、弓矢の兵ではない。矢が降り注ぐ危険極まりない状況下で、このような軽装はあり得ないからだ。

それに、なにやら頭髪も変だ。左右は短く、斜めに垂らした前髪は額にかかっている。盗賊に襲われて、髪を刈られたのだろうか。だが、それにしては全体的に整っている。

もしや、月へ戻れたのだろうか。輝夜が稚球へ降りている間に、月の常識が変わったのかもしれない。輝夜はおずおずと口を開いた。

「……其方は？」

「俺は、この西東京プラネタリウムの社員だよ」

「ぷら……ねた？」

「きみこそ誰？　あ、わかった。夏休み最終投映会に参加していた、キッズ団体のメンバーだな？　でもその格好……、ああ、平安時代のコスプレ？」

笑顔はなかなか好ましい。眉(まゆ)は凛々(りり)しく歯は白く、目鼻立ちも明瞭(めいりょう)だ。これまで輝夜に求婚した殿方の誰ひとりとして足もとにも及ばぬ美丈夫だ。それは認める。だが、月族の言葉にしては妙だ。話の半分も理解できない。かといって稚球人とも異なっている。

「映像をチェックしていたら、いきなり落ちてきたから驚いたよ。ドームの天井からってことはあり得ないから、さては投映機に登っていたな？」

「とーえーき？　いや、私は月へ昇ろうと……」

「月へ行きたい気持ちはわかる。俺だって子供のころは、月へ行くのが夢だったから。でも残念。きみの帰る場所は自宅だ」

「私は夢ではなく、現実の話をしておるのだが……」

ふぅ、と殿方がため息をついた。そして「困ったやつだ」とでも言いたげに苦笑する。

「じゃあ現実的な話をしよう。投映機に登るのは禁止だ。ただし反省しているなら、保護者には黙っておく。もう二度と登るなよ？」

昇るなよと言われても、昇らずして月へは帰れない。ここも月面ではなさそうだし。それより微妙に話が嚙みあわない気もするのだが、殿方は、そうは思わないのだろうか。輝夜はすでに頭の中が混乱している。

なにか、おかしい。おかしい点なら無数に挙げられるが、逆に多すぎて説明できない。

「きみが大事に抱えている兎、ぬいぐるみ？」

「ぬい……？」

胸元へと顎をしゃくられ、輝夜はハッとして腕の中の宇佐吟を見た。神楽笛をぎゅっと握りしめたまま気絶しているが、体は温かく、傷もない。

「よかった、無事か」

ほっとして、輝夜は再び殿方を見あげた。稚球に叩きつけられて死ぬところを救ってくれた勇気ある青年……おそらく二十六、七の美丈夫に、「かたじけない」と礼を言うと、「うん、平安っぽい」と笑われた。……意味は不明だが、なにやら失敬な殿方だ。

立てるか？　と丁寧に下ろされ、足裏に触れる硬い感触に目を丸くする。

そういえば草履を履いていなかった。屋敷から庭へ飛びだしたから、足もとは薄い襪(しとうず)だけだ。その襪のまま立っているのは、畳でもなく、木でもなく、土でもない。

「これは、なんじゃ？」

足の裏で床を撫(な)でると、「ピータイルのこと？」と訊かれ、「ぴーたいるとは？」と首を傾(かし)げれば、「プラスチックタイルだよ。公共施設ではポピュラーな床材だけど……」と、胡散臭(うさんくさ)そうに眉根を寄せられた。この表情を翻訳するなら、「なぜ、このようなことも知らぬのだ。周知の事実ではないか」……だろうか。

それ直衣(のうし)？　と、殿方が輝夜の装束を目で示す。狩衣を知らないのだろうか。詳しくないということは、殿方は貴族ではなく平民か。それならば会話の行き違いも致し方ない。

輝夜はコホンと咳払(せきばら)いし、今度はこちらが説明する番だと胸を張った。

「身分は気にせぬ。そもそも私も、賓客(ひんきゃく)を迎えるなら直衣がよいと承知の上で、好んで狩衣を身につけておるのじゃ。窮屈は苦手でな。其方もであろう？　そのような……体つきが明確にわかる出で立ちなど、ふ、不埒ゆえ」

不埒などという言葉を口にしたことが恥ずかしく、輝夜は宇佐吟の耳の間に鼻を押しつけ、照れを誤魔化した。そんな輝夜とは対称的に、殿方が呑気に頭を掻く。

「体つきが明確って、このカバーオールが？　宇宙飛行士を真似たユニフォームだから、色はアースブルーで派手だけど、形は至って普通だよ」

よくわからないな……と殿方が腰に手を当て、首を傾げる。同じ言葉で、同じ仕草を返してやりたいくらいだが、平民にしては精悍なこの美丈夫が、命の恩人であることに変わりはない。そこは素直に感謝しなければ。

いま、頭上には巨大な満月……のわりには周囲が妙に薄暗いが、弓矢の兵隊が潜んでいる気配はない。強風に乗って、かなり遠くまで飛ばされたようだと推察し、かろうじて頭の中を整頓した。

命の危機は回避した……と胸を撫でおろしたのも束の間、目が薄闇に慣れると同時に、不思議なものが見え始める。

「これは……雛壇か？」

まるで大きな雛壇のような……もしくは屏風をたくさん連ねたかのような、規則正しい段々を指すと、殿方が再び首を傾げた。

「雛壇？　客席のこと？」

「あちらの隅で光っている緑色の箱は、なんじゃ？」

「非常灯だけど？　地震や火災が発生したら、あそこから外へ出られる」

「上空の月より明るいな。中に蛍を閉じこめておるのか？」

「…………」

なんでも答えてくれる殿方が絶句した。だが輝夜の「不思議」は止まらない。そして極めつきの「不思議」は――――。

輝夜の真横に濃い影を落とす、見あげるほどに巨大な……。

「蟻――――っ！」

悲鳴をあげ、輝夜は思わず飛びすさった。「だから、それは投映機……」と殿方が呆れているが、輝夜には巨大な虫にしか見えない。そしてその巨大な虫は微動だにせず、襲いかかってくる気配もない。

「こやつ、立ったまま死んでおる！」

「……生きておりまする」

ぼそっと呟いたのは、気絶から目覚めた宇佐吟だ。そして宇佐吟も輝夜と同じく「ぎゃーっ、お化け蟻っ！」と叫んで飛びあがり、輝夜にヒシとしがみついた。

え、と声を発した殿方が、宇佐吟を凝視する。

「いま、ぬいぐるみが動いた？　しゃべった？」

　両目を月より丸く見開き、宇佐吟へと手を伸ばす。その手をパシッと払った宇佐吟が、両耳を立てて威嚇（いかく）し、前歯を剝（む）く。

「月族に、気安う触りまするな！」

「ちょっと待て、本物の兎なのか？　いや、本物の兎はしゃべらない。でも偽物じゃないなら本物だ。いや、本物だからこそ、しゃべらないはず……」

　わかりやすく混乱している殿方を無視して、輝夜と宇佐吟も異なる理由で互いの混乱を確認した。

「我々は砂粒になってしまったのですか、輝夜どの！」

「そうではない。私たちの背丈は変わっておらぬ。変わったのは、我々の周りじゃ」

「おおお、なぜそのような！」

「私にも、わからぬ……」

　怯える宇佐吟と抱きあったまま、殿方を睨みつける。思考の乱れは弱さの証（あかし）。この世は弱肉強食だ。弱いとわかれば襲われる。輝夜は精一杯口角を上げて問いかけた。

「否定を承知でお訊（たず）ね申すが、其方は、月族の殿組か？」

「……どこかの歌劇団の話？」

　わからぬ言語で翻弄（ほんろう）する気か。胡散臭い長身を睨みつけ、輝夜は後ずさりした。

「それとも、やはり稚球人か？」

「地球人かと訊かれればそうだけど、きみの言う地球は、大地の地に球で正解？」

「私が申しておる稚球は、若さを表す稚に、球と書く」

「……似ているようで、ちょっと違うね」

ははは、と楽しくなさそうに笑われたうえに、「どこか打った？」と心配された。

いまだに嚙みあわない会話を信用すれば、この殿方は、ちきゅう人はちきゅう人でも、輝夜の知っている稚球とは異なる星……地球の人であるらしい。ということは！

「輝夜どの。これは、もしかしたら、もしかしますぞ」

宇佐吟も事態を察したのだろう。輝夜の腕の中でブルッと震え、ちきゅう違いの殿方に聞かれないよう声を落として囁く。

「急いで月に帰りますぞ、輝夜どの」

「ああ。そうしよう。一刻も早く月へ帰ろう」

そう言って空に右手を伸ばし、新たな不思議を発見してギョッと目を剝く。

いま気づいたが、この上空で輝く満月は、まるで絵に描いたように平たい。間違いなく満月だが、なにかがおかしい。それでも輝夜は必死で月に呼びかけた。

「月族の使者よ！　もう一度迎えにきてくれ、降りてきてくれ、満月よ！」

待てよ、と殿方が困惑しながら手を伸ばす。ちょっと落ちつけ、と肩に置かれた手を振り払い、「早う来てくれ！」と半泣きで満月に縋った。だが満月は静かに佇むばかり。

「降りてこないよ、映像だから」

「えいぞうとは何者じゃ！」

「この月のこと。映画の映に、銅像の像と書いて、映像」

わかる？　と訊かれ、わかる！　と返した。栄華の栄に土蔵の蔵。景気のいい名をつけられたものだ。

「満月の栄蔵は、なぜ降りてこぬ！　大勢いた月族の使者は、いずこ？　雅楽隊はどこへ消えた？　お父様とお母様まで消えてしまわれた！」

「落ちつかれませ、輝夜どの。わたくしの笛の音であれば、必ず月まで届きまする！」

宇佐吟が脚を踏んばり、神楽笛を横に構え、ぴゅい〜っと吹く……が、来ない。再度吹いても、やはり来ない。息を止めて祈るように待てども、来ない。栄蔵が近づいてくる気配もなければ、使者が奏でる雅楽の演奏も聞こえない。

「誰も来ぬではないか、宇佐吟。法螺（ほら）を吹くでない！」

「法螺ではなく、神楽笛を吹いておりまする！」

「――――もしかしてきみたち、地球外生物？」

ふいに質問をねじこまれ、輝夜はギョッと身を強ばらせた。

「だってきみ……生えてるよ、兎の耳が」

指さされ、輝夜はハッとして頭を押さえた。

「しまった、冷静さを欠いてしもうた！　烏帽子も途中で落としてしもうた！」

頭に押しこむようにして耳を引っこめるが、目撃されたあとでは隠す効果も半減だ。この星以外の生き物なのかと訊かれたようだが、認めた瞬間に捕らえられ、牢屋に放りこまれるだろうか。そんなことになれば、故郷へ戻れなくなってしまう。

宇佐吟と顔を見合わせ、互いに「これ以上、余計なことを申してはならぬ」と暗黙の了解で口を閉ざすが、殿方は柔和な表情で歩みよる。こちらは冷や汗をかいているのに。

動じないところは敬服するが、下心を巧みに隠しているだけかもしれない。いままで輝夜に求婚した者は皆そうだった。優しい文を送り続け、懐かぬとわかれば掌を返し、恨みつらみをしたためてきた。だから警戒を解いてはならない。ならないのだが……。

「プラネタリウムで働いているからってわけじゃなく、俺は地球以外にも生物がいて当然だと思っている。だから、きみたちが月から……地球から見える月とは違うようだけど、別の星からやってきた、もしくは別次元からワープしたと言っても信じるよ」

怖がらせまいとして、穏やかに語りかけてくれる姿勢は好ましい。警戒を解いたわけではないが、対話は必要だ。よって、こちらからも質問を試みる。

「わーぷ……とは？」

おそるおそる訊くと、殿方が上を指して目尻を下げた。ますます好ましい顔になる。

「瞬間移動だよ。一瞬で別の場所に移動すること。……折しも今夜はスーパームーンだ。

月と地球の最接近によって発生した引力が、なにかの弾みで宇宙空間に影響を及ぼした可能性も、無きしにもあらずだ」

　殿方の丁寧な解説に、不安が少々和らいだ。この殿方は両腕と胸筋だけではなく、心も逞しいとお見受けする。

「きみ……輝夜くんの装束は、どこから見ても平安時代だ。鳴くよウグイス平安京の七九四年から、人々反抗の一一八五年までが平安時代だから、過去からタイムスリップしてきたのかと思ったけど……」

　言葉を濁した殿方が、ちらりと横目で宇佐吟を見た。

「言葉を操る兎は、歴史上存在しない。過去だけじゃなく、この現代にもね」

　そうなのか？　と宇佐吟が耳を真横に倒して呆然(ぼうぜん)とし、ああ、と殿方が困惑顔で頷(うなず)く。

「だからきみたちは平安時代から来たのではなく、この地球の……日本の平安時代とよく似た文化を営む、別の星からワープしてきた。そう考えるのが妥当だ」

　殿方が宇佐吟に向かってひとつ頷く。当の宇佐吟は神楽笛を斜めにかけ直し、プイッとそっぽを向いた。どうやら自分を理由に断定されたのが悔しかったらしい。

　殿方の仮定に賛同するかどうかは別にして、このよくわからない状況を冷静に分析し、対応してくれる姿勢は好ましい。地球人は、みなこのように友好的な性質を持った生物なのだろうか……と、ようやく開きかけた心より先に、戸が開いた。

「なんだ、まだ作業中か」

押して開く戸から入ってくるなり大声を発したのは、恰幅のいい中年男性だ。殿方と同じ「かばーおーる」とやらの上に、白い上着を羽織っている。胸元には青い文字。

輝夜たち貴族は、御簾越しにもわかるような鮮やかな色を身につけ、個性を競うが、こちらの世界は同じ形や、似たような色合いを身につける慣わしでもあるのだろうか。

だが同じ装束を纏っていても、殿方のほうが上背もあり、何倍も格好がいい。

「あ、館長。お疲れさまです」

殿方が、中年男性を館長と呼んだ。一礼する殿方に対し、向こうは腹を突きだしたままだ。その態度から察するに、位は館長のほうが上らしい。長がつく者はたいていそうだ。

「なにをしている、竹垣。閉館時間はとうに過ぎているぞ」

「すみません。今日の最終上映で映像の乱れがありましたので、念のため、その部分をチェックしていました。とくに問題はみつからず、ひとまず業務終了です」

「だったら早く投映機の電源を落とせ。電気代が勿体ない」

了解、と返答した殿方……竹垣が、館長との会話の最中に輝夜たちを巨大蟻の陰へ押しこむ。館長の視界から消そうとしているようだが、無きものにされる理由がわからない。

輝夜は竹垣の脇をすり抜け、前に飛びだして声を張った。

「館長とやら！」

うわっ！　と叫んだのは竹垣だ。なぜ驚くのだろう。失敬な。

「長の職に就く其方であれば、私を月に戻せるか……んぐっ」

大きな手で輝夜の口を封じた竹垣が、さっきまでの柔和な笑みとは異なる引きつり笑いで、適当に誤魔化す。

「すみません、館長。この子は……えー、今日のキッズ団体のメンバーで、俺の従弟で、まだまだ子供で礼儀も知らず……」

「子供とは失敬な。明日で二十歳じゃ」

「えっ、二十歳？　うそ！　……っと、あー、明日二十歳で、海外生活が長くて、大河ドラマで日本文化を学んだせいか、着るものも言葉も平安かぶれで……っ」

なにを言っているのかさっぱりだが、館長は理解したようだ。さすがは人の上に立つ長の者。理解力が図抜けている。

「わかったわかった。いいから早く退館しろ。電気代の無駄だ」

そう言い残して開き戸の向こうへ去っていった。戸があるということは、ここは屋内。月が煌々と照っているから、てっきり外だと思っていた。

「えー、じゃあ輝夜くんと宇佐吟さん。電気消すよ」

巨大な蟻のうしろの、腰高な囲いに入った竹垣が、なにやら二、三の操作をした直後、一瞬にして満月が消えた。

「ぎゃあーっ！　栄蔵ぉおーっ！」

故郷の消滅に、輝夜と宇佐吟は悲鳴をあげて泣き崩れた。

感情が乱れすぎて飛びだした兎耳を、せっせと撫でて引っこめる。それを手伝ってくれながら、竹垣が「いいこと」を教えてくれた。

「プラネタリウムの満月は、電源さえ入れれば何度でも観られるから、泣くな」

「何度でも観られるのか？　本当に？」

しゃくりあげて訊くと、大きく頷かれてホッとした。仕組みは不明だが、池を覗けば顔が映る理屈だろうか。……まったく違うかもしれないが。

そうとも知らず号泣してしまい、竹垣には大層な心配をかけてしまった。


「警察は……行っても無駄だな。とりあえず俺の家でいいか」

休憩できると聞いて、張っていた気持ちがゆっくりほぐれる。正直とても疲れた。一刻も早く畳で横になりたい。

「月に帰れるのであれば、どこでも構わぬ」

「帰れるかどうか俺には保証できないけど、一時避難所にしていいよ。明日は金曜だから仕事も休みだし。完全週休二日制で助かった。終日きみたちに時間を割ける」

「完全……しゅうきゅう二日制、とは？」

「一週間のうち二日、仕事を休むこと。西東京プラネタリウムの休館日は毎週月曜日だから、その日は全員が一斉に休む。社員は月曜以外にもう一日、休みを取るべしという規定があるんだ。簡単に言えば、俺の休日は毎週月曜と金曜ってわけ」

「ほぅ……」

いまだ多くが不可解なまま、輝夜と宇佐吟は屋外へ連れだされた。

「今夜は満月だから、いつもより空が明るいな。夏だから、日も長いし」

「……明るすぎて、よくわからぬ」

空はまだ濃紺色には染まっておらず、昼間の青さを残した灰色だ。それでも空に白い月が見えるはずだが、地上の建物の多さや、光や音や匂いに惑わされ、思考も心も掻き乱される。いいとか悪いとかではなく、稚球と地球の大差に、ただ呆然とする。

こっちだよと手招かれ、一歩一歩確かめながら進む足元は、岩板のように固い。履物が薄い襪だけでは、足の裏がたちまち熱くなる。この星の地熱は相当なものだ。

気づいてくれた竹垣が、「履物がなかったか」と言うや否や、輝夜と宇佐吟をひょいと脇に抱え、白くて四角い、座り心地のいい輿の後方に乗せてくれた。

この輿の中も蒸して暑いが、前に座った竹垣がいくつかの操作をすると、なんと冷風が吹いてきた。「貴様、魔物か！」と宇佐吟が神楽笛を剣のように構えるが、竹垣が黒い輪を両手で回すと輿が動き、とたんに足場が不安定になった。危ないから座ってと注意され、わかった、と慌てて正座する。

「それにしてもすごい術じゃゃ。誰も担いでおらぬのに、勝手に輿が動いておる」

「これは術じゃなくて、車。移動の道具だよ。ガソリンや電気で動くんだ。ガソリンと電気を説明するのはややこしいから、そういうものだと理解してくれ」

「……説明されても、よくわからぬ」

うしろの席から外を見れば、似たような箱状の輿が他にも走っていると気づいた。

「駐車場から出て、いまから車道を走って、街を抜けて、俺のマンションへ行く。ちなみにマンションというのは、家。そしていま俺が握っているのは、ハンドル。これを右や左に回して移動すれば、家に到着だ」

「わかり申した。難しすぎて理解はできぬが、そういうものだと認知しよう」

「ありがとう。話が早くて助かるよ」

ほっとしたように言った竹垣が、はんどるとやらを器用に回し、駐車場をあとにした。

車道には、いろんな車が溢れていた。屋根のない二輪の車、うしろになにか積んでいる車、色や形も多種多様だが、竹垣の車のように全体が白くて、下のほうに小さな黄色の札がついた車が、前と隣を走っている。わりと多い種類なのだろうか。

視界に入るものすべて、稚球や月にはないものばかりだ。不安は増すが、輿の乗り心地はいい。様々な格好をした者たちが両脇の細い道を行き来しているのも楽しい。建物も不思議だ。三角屋根、四角屋根、文字や絵が描かれた板が、あちこちに立っている。

かなり高度な文明と推察する。いまだ半信半疑だったが、もう認めるしかない。自分は本当に別世界に来たのだ。

「この輿は早いのう。中に入っているのは牛ではなく、きっと馬だな」

「馬じゃないけど、まぁいいか」

竹垣が肩を揺らして笑うから、輝夜もつられて口角が上がる。なにを訊いても快く教えてくれるから、質問が止まらない。

「夜空に蛍が飛んでおる」

「飛行機だよ。空を飛ぶ車のようなものかな」

「城があるぞ、竹垣！」

「あれは和食レストラン。食事をする場所だよ」

「ふたつの黄色い山が、月より煌々と輝いておる！」

「ハンバーガーショップの看板だよ。ハンバーガーっていうのは、パンの間に野菜と肉を……、パンっていうのは、小麦を練って焼いたもので……」

説明が難しいなと首を捻（ひね）った竹垣が、「近いうちに食おう」と返してくれたから、輝夜はその場で飛び跳ねた。車が揺れ、慌てて脚を胡座に組むが、顔の弛みは戻らない。なぜなら輝夜は、食べることが大好きだから。

「あっちは城壁か？　四角くて頑丈そうな壁が、いくつも建っておる」

「あれは住まいだ。マンション、アパート、コーポ、団地。いろいろな言い方がある」

「大きな住まいじゃのう。このあたりの領主の屋敷か？」

「そうじゃなくて、窓ひとつが一世帯……家族とか独身とかの違いはあるけど、あのマンション一棟に、約三十世帯が暮らしている。例えるなら……なんだろうな」

うーん……と首を傾げる竹垣より先に、「わかった！」と輝夜は声を弾ませた。

「長屋じゃ！」

当たりか？　と訊くと、竹垣が肩を揺らして笑った。

「確かに長屋だ。以前プラネタリウムで平安京の特番を上映したとき、庶民は長屋で暮らしていたって解説した記憶がある。長屋は江戸時代が発祥だと思っていて……あ、輝夜くんは江戸時代を知らないか」

知らないと決めつけられてしまったが、確かに知らない。

「えどじだいとは何者じゃ？　と訊きたいところだが、質問に質問を返していては、最初の質問を忘れてしまう。ところで、最初の質問はなんだった？」

真面目に訊いたら噴きだされた。そこまで大笑いされる理由がよくわからない。

よくわからないが、竹垣に質問するのは楽しい。

◆◆◆

彼らは本当に、別世界から来たのだろうか。

平静を装ってはいるが、竹垣は内心かなり動揺していた。

自分が動揺すると、輝夜たちが不安だろうから笑顔を絶やさないよう努めたが、本物の地球外生物だとしたら、自分の手に余る。いますぐ専門機関の協力を仰ぎたいが……。

一夜明けたら消えていて、「どこに地球外生物が？」と笑われるかもしれないし、起きたまま夢を見ているだけかもしれない……と現実逃避する時点で冷静を欠いている。

出会ったのが輝夜ひとりなら、「大人をからかうな」と注意したあと館内から追いだしていただろう。だが、どこから見ても本物の兎が流暢(りゅうちょう)に言葉を操るさまを見れば……自分の正気を疑うか、紛うことなき現実か。

だから彼らが本当に地球外生命体だという確証を得て、それが地球にとって不都合な事案だった場合は専門機関に相談、そうでなければ「一時預かり」でいいと思う。

さきほどから輝夜と宇佐吟は、後部席の窓に手と顔を押しつけ、「うわ！」や「ひええっ！」などと驚嘆している。見るものすべてが珍しいようだ。

「赤と黄と青の光の玉が、そこかしこに浮いておる。さっきから竹垣は、我らが向かう先で赤が光ると、車を止めておる」と、信号機に感動している。バックミラーで確認した表情も、聞こえてくる口調も、演技とは思えない。

「馬の群れならぬ車の群れを誘導する、三色の団子だな」

「どの色も綺麗ですが、わたくしは黄色が好きでございます。満月に似ておりますする」

発想が長閑すぎる。人間に危害を与えるような存在ではなさそうだ。

だからまずは安全な場所……竹垣が暮らす2DKの賃貸マンションへ移動して、生態系を含めた情報など、腹を割って話したい。……腹といえば、腹が減った。

「そういえばきみたち、食事は？」

「食事は、とは？」

「普段、どういったものを食べているんだ？　宇佐吟はシロツメクサか？」

「我らの主食は白米じゃ。鮒も蓮の実も好物じゃ。そういえば腹が減ったのぅ」

「わたくしも空腹でございまする。餅が食べとうて、気絶しそうでございまする」

「了解。……買い物をする余裕はなさそうだな」

冷蔵庫には卵とハムと……とストックを思い浮かべながら車を走らせ、職場を出てから約二十分で賃貸マンションの駐車場に到着、ミニバンを停めた。

途中に牛丼屋があったからドライブスルーでもよかったのだが、このふたりにはまだ早い気がして避けたのだ。どこからか声が聞こえるぞ！　などと騒がれるのは目に見えているし、この世界の食べ物が口に合うかどうかも不明だったから。

　宇宙人の存在を信じて疑わない竹垣でさえ、いまだ思考の整理がつかない。まずはシートベルトを外して周辺に目を走らせ、誰もいないのを確認してから後部席に忠告した。

「車を降りる前に——宇佐吟さん」

「なんだ。聞いてやる。申せ」

　口調は居丈高だが、鼻をひくひくさせる姿が完全に兎だから、却ってユーモラスだ。

「この世界では、兎は言葉を話さない。だから部屋に着くまでは声を出さないと約束してくれ。いいね？」

「……………」

「宇佐吟さん？」

「声を出すなと申したのは、貴様であろう」

　辛辣に返されて鼻白んだ。この兎、口が達者なうえに反抗的だ。この世界の人間を警戒しているのだろうか。だが、見た目が兎だから腹も立たない。

　逆に、警戒心が働くのはいいことだ。この短時間で竹垣が輝夜に抱いた印象は、少々天然で純粋かつ天真爛漫。現代風にいえば温室育ち。そんな輝夜のボディガード的な位置づけと思われる宇佐吟は、少々食えないほうがいい。

そんな態度を頼もしく思い、宇佐吟が堅守する距離感を喜んで受け入れた。

「じゃあ、部屋へ移動するから降りて」

「御簾が上がらぬ。どう降りるのだ？」

そうだった……と、運転席から降りて後部席のドアを開けてやる。「ここを引くと開くからね」とレバーを指し、まずは輝夜に手を貸して地上へ下ろす。「これを引くと開く。よし、覚えたぞ」と素直に学んでくれる姿勢が好ましく、教えることも苦ではない。

だが、続いて宇佐吟が地面にぴょんっと飛び降りたため、とっさに「こらっ！」と叫んでしまった。慌てて口を噤み、周囲を見回し、声と腰を落として注意する。

「輝夜くんは、人前で耳を出さないこと。この世界には、兎の耳が生えた人間はいない。そして宇佐吟さんは、この世界では、ぬいぐるみ……人形に徹してくれ。俺以外の人間の前で動いたりしゃべったりしないこと。部屋までは俺が抱いていくよ」

おいでと両手を差しだすが、宇佐吟はくるりと背を向けて、輝夜に向かって両手を伸ばした。……見た目は可愛いが、性格は可愛くない。


マンションの階段で、三階に住む男子学生とすれ違った。宇佐吟を抱えた輝夜を見ても驚くことなく、軽い会釈ですれ違う。宇佐吟はといえば、見事にぬいぐるみに擬態中だ。

ここは二十三区外だが、一応東京だ。周辺にはマンションやコーポが立ち並び、人口も多く人種も雑多。文化の相違や他人の嗜好を気にしていたら、落ちついて暮らせない。そういう意味では、スルーしてくれるのはとても助かる。

さて、四階建ての二階に到着した。みっつ並んだドアの一番手前が竹垣の部屋だ。

斜めがけしたボディバッグから鍵を取りだし、鍵穴に挿す。そんなごく当たり前の所作すら輝夜には珍しいようで、目を輝かせて見つめてくるから変に緊張する。

気づけば普段より丁寧に鍵を回しながら、「これは錠前。右に捻ると解錠されてドアが開く。左に回すと施錠されて、外からはドアが開けられなくなる。ちなみにドアは、扉のこと」と説明している自分に気づき、世話好きな性格を自覚する。

「さ、ここが俺の部屋だ。輝夜くん風に言うなら、小さめの長屋かな。2ＤＫだから、ひとり住まいには充分な広さだけどね」

ドアを開け、「どうぞ」と中へ促すと、輝夜がポカンと口を開けた。

「ここは物入れか？　それとも檻か？」

……これにはさすがに竹垣も、膝から崩れ落ちそうになった。

だが無邪気なセリフで竹垣の自尊心をへし折った輝夜も、竹垣がスイッチひとつで部屋を明るくしてみせたとたん、腰を抜かした。

興味津々で2ＤＫを見て回るかと思いきや、輝夜と宇佐吟は部屋に入るなり、周囲をきょろきょろと見回したのち、キッチンの……ビニールクロスに正座した。

「冷たい床に座っていないで、奥の部屋で足を伸ばしたら？」

輝夜が弱々しく首を横に振りながら、哀しげに零す。

「畳がない。どこで足を伸ばすのじゃ？」

畳は必須か……と驚きつつも納得し、奥の洋間へ案内する。ローソファに腰を下ろすよう勧め、足を伸ばして座るんだよと、まずは自分が手本を見せる。

「これは、腰かけるものなのか？　大きなシトネだ」

「シトネ？　褥のこと？」

カバーオールのポケットからスマホを取りだし、検索して、薄い畳に布の縁どりがついた敷物……茵だろうとの予測を立てた。平安時代の座布団らしいが、当時は綿など入っていない代物だ。

そもそも輝夜と宇佐吟は、その装束や口調から平安時代を彷彿とさせるだけで、平安時代からタイムスリップしたわけではない。だから検索結果は参考程度に留めておく。

「これはソファ。座ったり寝転んだりして寛ぐ場所だ。騙されたと思って、座って」

「騙されるとわかっていながら、従うような間抜けではない」

「……俺の言い方が悪かった。どうぞ、お座りください」

アウトレットで購入したデニムカバーの三人掛けソファは、身長百八十センチの竹垣がゴロ寝できるワイドサイズだ。背もたれを倒してフラットにすればベッドにもなる実用品だから、急な来客時には非常に助かる。

おそらく今夜から何日か、輝夜と宇佐吟を泊めることになるソファに、まずは輝夜がおそるおそる上がり、膝を揃えて正座した、直後、おおっ！　と叫んで目を見開く。

「ふっくらしておる！　弾力があり、しっかりしておる！」

続いて正座を胡座に替え、膝に手を添えて左右に揺れる。……お気に召したらしい。

「足を伸ばして腰かけて、うしろに凭(もた)れてみて。気持ちいいから」

「どれどれ……。おお、本当だ！　気持ちがよい！　とても座り心地がよいな！」

「最近の地球……というか日本では、畳より板の間が人気なんだ。こういったソファにごろ寝して、このテーブルでメシを食って、結構快適に過ごしている」

丸くてもちもちした手触りのクッションを渡してやると、不思議そうにつかんだり伸ばしたりしていた輝夜が、ぎゅーっと両手で抱きしめた。「ふふっ」と笑ってクッションに頬ずりする姿が可愛らしくて、つられて竹垣も笑ってしまう。そして……。

いま明るい室内で改めて輝夜を見て、その容姿に、しばし見惚(みと)れた。

輝夜の容姿が整っているのは、会ったときから察していたが、なにせ上映ドームの中は灯(あか)りをつけても薄暗い。そして帰りの車内も暗かった。部屋へ辿(たど)りつくまでは輝夜よりも周囲に気を配っていたし、乱れた髪で顔が隠れてもいた。

だから、そこまで気持ちが廻らなかったのだが……。

もしかして、女性？

声で判断すれば青年だが、肌理が細かく色白だ。大きな瞳を縁どるまつげは色濃く長く、唇などは、まるで高貴な寒椿。顎も小さく、全体的に儚げな作りは女性に近い。

胸元を盗み見るが、狩衣の上からでは判断できない。また、狩衣姿で男性と判断するのは軽率だ。平安時代からやってきたわけではないのだから。

いまさら慌てても遅いが、女性だったら大問題だ。ひとり住まいの男の部屋に、年頃の女性を連れこんでしまったわけだから。宇佐吟の警戒の原因がそれだとしたら、敵視の理由も頷ける。

だが輝夜「どの」という敬称は、男性に対してのもの。……いや、それも信憑性に欠ける。この時代の常識イコール彼らの常識とはかぎらない。

まとまらない思考を抱えて唸っていたら、兎のアップが視界を占めた。「うわっ！」と叫んで飛び退くと、なんのことはない、輝夜に続いてソファに上がった宇佐吟が、無邪気にぴょんぴょん飛び跳ねている。

「これはよい！　さきほどの車以上の乗り心地ですな！　大層気に入りましたぞ！」

「そうであろう？　宇佐吟。これは素晴らしい夜具じゃ！　やあっ！　とうっ！」

……飛び跳ねながらキックやパンチを繰りだす姿は、どこから見ても男の子だ。

畳がなくても大丈夫？　と確認するまでもなく、彼らはソファに馴染んでくれた。脚を組み替えて座ったり、前転したりと、想像以上に順応性が高くて助かる。

下の階に響くから静かに、と本来であれば注意したいところだが、ラッキーなことに一階は空き家だ。飽きるまで跳ねてくれればいい。

「まるで小学生の合宿だな」

きゃっきゃと声を弾ませているふたりに目を細め、竹垣は夕食の支度に取りかかった。

「月じゃ……」

最初に輝夜が声を震わせ、宇佐吟が小声で追従する。

「紛うことなき満月にございまする……」

「満月を食らうのか、この世界では」

「小さく萎んでしまわれたものですなぁ」

肩を落として呟きながらも、いい香りじゃ……と輝夜と宇佐吟が声を揃える。テーブルを挟んだ反対側で座布団に胡座をかき、竹垣はメニューを説明した。

「これは、インスタントの塩ラーメン。ハムを一枚載せただけで悪いけど」

客をもてなすには質素だが、手早く腹を満たすにはいい……と、個人的には思う。なにより味に外れがない。

丼を覗きこんでいた輝夜が、ぼそっと呟く。

「初めて見る月……いや、食べ物じゃ」

「これは妖術でございまするか、輝夜どの」

「かもしれぬ……」

「もしや、こやつは魔物でございまするか」

「かもしれぬ」

ふたりにジッと見つめられ、「違う違う」と否定する。

「ふたりとも、ラーメンを見るのは初めて？」

初めてじゃと声を揃えて頷かれ、やはりここでもスマホを取りだす。「ラーメン、発祥、日本」で検索すると、江戸時代の将軍が初めて口にした説が有力との記事を発見。

ついでに「麺、平安時代」で調べれば、奈良時代から平安初期にかけて、日本人が麺を口にした記録があるとの記述を見つけた。ただしラーメンではなく策餅という、小麦粉を縄状に捩った菓子で、それが策麺になり、素麺に変化した……という仮説だ。

つい検索してしまうが、正解へは辿りつけないからスマホを閉じる。あとは想像力で補うしかない。それよりも、竹垣の食生活について理解と承諾を得なければならない。

「じつは俺、ほとんど自炊をしないんだ。勤務後にドライブスルーでハンバーガーや牛丼を買うような生活で、保存食はインスタント麺とレトルトカレー。冷蔵庫にハムが残っていただけでも快挙だ」

「……自炊はしないという言葉だけは理解した」

「うん、そこさえ理解してくれれば、全部わかったようなものだ」

百メートル先のコンビニまで走ってもいいのだが、地球外生命体を部屋へ残していくのも、同行するのも、どちらも不安だ。一日の労働を終えて帰宅したいま、新たな疲労を量産する行為は避けたい。

「これが現代人の食器だと誤解されないよう、先に弁解するけど……きみたちの器は丼。俺のコレは雪平鍋(ゆきひらなべ)。ひとり暮らしだから、最低限の食器しか持っていない。明日は器と、もう少し食材も用意するから、今夜はラーメンで我慢してくれ。はい、割り箸(わりばし)」

こうやって使うんだよ、と紙の袋から抜いた箸を目の前で開いてパキッと割ると、興味深そうに真似てくれた。力加減がうまくいかず、左右の箸の比率が七対三くらいになったのは、ご愛敬。

箸で麺を持ちあげ、息を吹きかけて少し冷まし、啜りあげて食べる竹垣をじっと見ていた輝夜と宇佐吟が、いただきます……と律義に言って、まずはハムに箸を伸ばす。

真ん丸だったハムに歯形がつく。「少し欠けた」と輝夜が嘆くように言い、「わたくしの月も欠けましたぞ」と宇佐吟が返し、顔を見合わせて涙ぐむから、「それはハムという食べ物であって、月じゃないから」と、念のためにひと言添えた。

「月を思いだすのう」

「帰りとうございますなぁ」

うっうっ……としゃくりあげながらも、ハムは順調に欠けてゆく。歪な半月になり、三日月になり、やがて新月になって消滅した。輝夜と宇佐吟が「うっ」と声を詰まらせる。

「月が消えてしもうた〜」

……今後は、ハムは厳禁だ。

だが、月が消えたと嘆きながらも「塩らーめんとやら、ご馳走ではないか」と輝夜が讃えれば、宇佐吟も「胡麻が効いておりますな」と鼻をひくひく動かしている。まんざらでもなさそうだ。それどころか、ひとくち啜るごとに「美味い、美味い」と大絶賛だ。

ひとまずラーメンを食べている間は、泣かれずに済みそうだ。故郷が恋しいのは同情するが、涙は困る。竹垣は涙に弱いのだ。

いつだったかプラネタリウムで「恐竜時代の地球」というプログラムを上映中、あまりにもリアルなティラノサウルスの捕食映像と、骨を噛み砕く音に、子供たちが悲鳴をあげ、一斉に泣きだしたことがある。

そのとき竹垣はとっさに解像度を下げ、ドームのスクリーンの縫い目がわかるよう調節してしまったうえに、「作り物です。ご安心ください」とアナウンスを被せてしまった。

上映後、せっかくの臨場感が台無しだと館長から大目玉を食ったが、子供たちに泣かれるよりはいいいと思ってしまった程度には、涙に弱い。

そんなことより竹垣の胃袋は、インスタントラーメンひと袋で満たされるほど小さくない。いま丼を空にした珍客にも、胃袋の具合を訊こうとして……訊くより先にふたりの腹が鳴ったから、空の器を重ねて持ちあげ、再度キッチンの捜索に向かった。

「なにか他に、腹が膨れそうなものは……」

ストックケースを覗きこみ、「あった！」と取りだしたのはパックご飯！

「よかった、二個ある。三人で分ければ、腹の足しになりそうだ」

レンジで温めること一個分の二倍。熱々のそれらを、小分け用の器と一緒にリビングへ運ぶと、「白米ではないか！」とふたりが目を輝かせた。最初からこちらにしておけば、悲しませせずに済んだかもしれない。

竹垣のぶんは茶碗へ。輝夜のぶんは汁椀へ。宇佐吟のぶんは小皿へ。基本的な食器しか持っていないため種類がバラバラだが、分量は均等に分けたつもりだ。

いつもならパックから直接食べるが、客にそれをさせるのは忍びない。それと、地球人はこんな器で食事をしていたと、誤った知識を持ち帰らせないための対策でもある。

かといって宇佐吟の小皿も……仔猫にミルクを与えるわけじゃなし、せめて小鉢にすればよかった。小皿も小鉢も代わり映えしないが、要は気持ちの問題だ。

「あとは、これ」

はい、と掌サイズのヒヨコの容器をテーブルに置くと、輝夜が目をキラキラさせ、手に載せた。可愛いものを見ると和むのは、どの世界も共通らしい。

「めんこいのぅ。これは、なんだ？」

「海苔と卵のふりかけだよ。ご飯にかけると美味いんだ」

説明しながら振ってやると、「米に花が咲いたようじゃ」と輝夜が顔をほころばせた。

笑うとますます可愛いな……などと思ってしまった自分に照れて、慌てて輝夜から目を逸らすと、逸らした視線の先では宇佐吟が箸を逆手に持ち、ご飯をペタペタ突いている。

これはこれで戸惑いが大きい。

「ええと……宇佐吟さんは、一体なにをしているのかな？」

「餅つきじゃ」

なにか問題でも？　と粒の形がなくなるまで潰し、それを割り箸の側面で転がして丸め、のりたま団子をいくつも作り、お供えのミニチュアのように積みあげて、なにを言うかと思ったら。

「月見団子にござりまする」

「月見……」

声を震わせてひとつつまみあげた輝夜が、口に入れ、涙を浮かべる。

「美味い、美味いぞ、宇佐吟！　月の色をした月見団子は格別じゃ！」

「お褒めに与り光栄にございまする」

「満月のような団子じゃ。稚球でも月を見あげて団子を食べたのぅ。あぁ懐かしや」

しみじみと言い、輝夜がふたつめに手を伸ばす。「故郷の月が恋しゅうございますなぁ」と感傷に追い打ちをかけながら、宇佐吟もひとつ捧げ持つ。

「なぁ、宇佐吟さん。月を連想するものは、避けたほうがいいんじゃないか？」

横から口を挟んでみるが、宇佐吟は素知らぬ顔で、のりたま団子に食らいつく。

「もしかして、わざと里心を煽っているな？」

嫌疑をかけると、失敬な！　と憤慨されたが、モゴモゴさせている口の周りの白い毛が、のりたま色に染まっている。輝夜の頰にも海苔がくっついている。あまりの可愛らしさに耐えきれず、わはははっと声をあげてしまった。

笑うでない！　と目を吊りあげながらも、ふたりの手は「月見団子」へと伸びて、早々にお代わりだ。

美味しいものには目がないふたりがおかしくて、竹垣は身を折り曲げて大笑いした。

「月族には、大きく分けて四種類あるのじゃ」

ソファにもたれた輝夜が、膨れた腹を撫でながら教えてくれる。

「最も多い種族は、宇佐吟が属する『月族・兎組』だ。他の三種類は、兎の要素を持ちながらも、私と同じ人の姿をしておる。『月族・殿組』『月族・姫組』、そして私の属する『月族・殿組派生』じゃ」

ふむふむと頷き、ペットボトルの緑茶をコップに注いでやる。「これは茶か？」と輝夜が首を傾げ、口に含む。「苦い」と口を窄めるから、竹垣は自分用に持ってきた水のペットボトルを開栓し、それで薄めてやりながら質問を重ねた。

「殿組は男性、姫組は女性ってことで合ってる？」

「合うておる」

「じゃあ、殿組派生というのは？」

「殿組でありながら、出産能力を宿した者。それが殿組派生じゃ」

「いわゆる第三の性か。じゃあ輝夜くんは男性でありながら、妊娠も可能なわけ？」

驚く竹垣とは対称的に、輝夜は「そうじゃ」と頷きながら、苦みの薄らいだ緑茶に舌鼓を打っている。その隣では宇佐吟が神楽笛を刀のように構え、シャーッと息を吐いて竹垣を威嚇している。……敵視される理由は察したが、それは確実に冤罪だ。

「輝夜どのに手を出せば、この宇佐吟の神楽笛が火を噴きますぞ！」

とりゃ！　と脅しながら神楽笛を振り回されても……悪い、宇佐吟。全然怖くない。

「そういうことなら安心してくれ。宇佐吟さんが心配しているようなことは起きないよ。

そもそも中学生と見違えるような相手は恋愛対象じゃな……、いや、とにかく俺はまだ二十六歳で、結婚や子育てに関心はないから」

そうなのか？　と宇佐吟と輝夜が目と口を丸くした。まるで珍獣を見る顔だ。

「それは驚きじゃ。二十六なら、稚球人も月族も子作りに精を出す年齢じゃ。子孫繁栄のためならば、己の関心など差し置いて、命を懸けて励むものであろう？」

思わず竹垣は鼻白んだ。そんなことに命は懸けたくないし、せっせと励みたくもない。じつは竹垣は草食系だ。見た目は肉食系かもしれないが、性的な話題が苦手なほどには、自身の淡泊さを自覚している。よほどの相手でなければ性欲は湧かない。

「俺自身は、生きているのは自分のためだ。子孫繁栄に人生を懸けるほうが驚きだよ。それどころか、その手の話題は避けて通りたいくらいだ」

ええっ！　とさらに目を剝かれ、そうだよ、とムキになって言い返す。

「だから安心して……というのも変だけど、宇佐吟さんが心配しているような事態にはならない。そもそも俺の恋愛対象は女性だ」

宇佐吟が鼻をひくひくさせ、構えていた神楽笛を下ろす。やっと理解してくれたか。

「とにかく月族は四種類。そういうことじゃ」

ペットボトルの緑茶と水を自分でブレンドしながら、輝夜が話を元に戻す。ラーメンもふりかけご飯も飲物も口にできるなら、ひとまず食事の心配はなさそうだ。

「四種類の月族には共通点がある。ほぼ全員が月で生まれ、月で一生を終えるのじゃ」

「でも輝夜くんと宇佐吟さんは月じゃなく、稚球で暮らしていたんだろ？」

その質問には、切歯をカチカチと鳴らして宇佐吟が答える。

「稚球へ出向していただけで、本拠地は、あくまで月でございまする」

「……まるで会社員だな」

薄めた緑茶を美味しそうに味わいながら、輝夜が話の先を継ぐ。

「月族の内訳は、兎組がおよそ三百。殿組と姫組は、私が生まれる前には、それぞれ五十人ほど存在していた。殿組派生は三人のみ確認されていたが……」

「殿組派生は極端に少ないな。それで、いまは？」

神妙な口調につられ、前傾姿勢で答えを待つと。

「いまはおそらく、私ひとりじゃ」

さらっと重要機密を暴露され、竹垣はポカンと口を開けた。

そんな稀少な存在を、物入れと勘違いされるような部屋に閉じこめて……閉じこめているわけではないが、寂しい思いをさせて……それは竹垣のせいではないが、それよりも。

「絶滅危惧種に、俺はインスタントラーメンとふりかけご飯を食わせたのか……？」

もし腹でも壊されたら、宇宙全体を敵に回してしまいそうだ。

　絶滅危惧種と対峙しているプレッシャーに耐え、最後まで聞いた話の大筋は、こうだ。なかなか数が増えない月族人型に対し、ほどよい距離で青々と光る星では次々に人間の子が産まれ、大繁殖を続けている。月族にとっては羨ましく、憧れの星、それが稚球だ。その強靱な生命力を月族の子孫にも反映させるべく、月族四種会談の末、姫組の中でもとりわけ美しい三人の官女を稚球へ向かわせることになった。

　下手な鉄砲も数打ちゃ当たる方式で、積極的に稚球の男たちと関係を持った官女たちは、その妻たちから陰湿な苛めに遭い、這々の体で月へ帰還する結果となった。そのうえ当時の稚球で流行していた伝染病まで持ち帰ってしまったから、さあ大変。

　あれよあれよという間に広まった病は、次々に姫組の命を奪った。のちにわかったことだがそれは、女性だけが罹患する特殊な病だったのだ。

　姫組が全滅した時点で、殿組派生は、たったの三人。男でありながら生殖能力を備えた稀有な種族に月族人型の存亡がのしかかる。殿組派生の特徴として、相思相愛でなければ子は宿らない。たとえせっせと性行為に励んでも、片想いでは懐妊しない。

　だが自分に自信のある殿組の面々は、そういう背景を知っているからこそ、ますます殿組派生に執着した。自分の子を孕ませることが勇者の証と勘違いしたのだ。

　殿組派生の寝込みを襲い、凌辱する事件が二件続けて起きたとき、月族の長老が御触れを出した。『今後、儂の許可なく殿組派生と交尾した者は打ち首に処す。また、現存する殿組派生は、一発必中を期待して稚球へ送る』――――と。

「……という流れで、現存する殿組派生の私は、兎組の護衛隊長・宇佐吟を伴い、月族人型の存亡をかけて稚球へ飛ばされたのだ。一発必中の期待を背負って」

わかったたか？　と輝夜に訊かれ、壮大なギャンブルだな……とため息をついた。

「月族は稚球人に比べ、妊娠期間が非常に短い。一度にひとりしか産めぬが、出産した日から睦みあい、すぐ妊娠して、ひと月後には出産する。愛さえあれば一年で十二人もの子を授かることが可能なのじゃ」

誇らしげに言われたから、すごいなぁと返しておいた。間違っても「兎並みの繁殖力だなぁ」などと横やりを入れたりはしない。

「そんなに出産できるのに、なぜ月族人型が絶滅寸前にまで追いこまれているんだ？」

訊くと、それは……と、輝夜が言葉を濁す。

「愛は永遠ではないということだ。大抵二、三人で産めなくなる。初夜から三、四カ月ほどで、相互間の愛の比重が偏るせいだと長老に言われた。だが過去には二年に亘って毎月のように子を成したメオトもおるそうだから、愛さえあれば、すぐに増える」

「比重の偏りは、建物でいえば経年劣化みたいなものだから仕方ない。とにかく、事情は理解した。で、輝夜くんのご両親も、愛の比重が偏ったクチ？」

輝夜の表情から笑みが消えた。失言に気づいて慌てる竹垣に、輝夜が言う。

「母は……私と同じ殿組派生で、誰もが見惚れる美男だった。だが私を出産した数日後、蓬摘みに出かけた先で暴漢に襲われ、穢(けが)れた身を恥じて自害なされた」

え、と竹垣は目を剝いた。予想もしない展開に、気持ちの切り替えが追いつかない。

「父は、殿組一の美丈夫と言われたお人だ。だが最愛の人を守れなかった自身の落ち度を責め、私が稚球へ出向する直前に、心身の衰弱によって身罷(みまか)られた」

竹垣は息を呑んだ。輝夜が目を伏せ、漆黒のまつげを切なげに震わせる。

「快楽目的で身を穢された母の気持ちが、私には痛いほどわかる。愛する殿方の子のみを宿す肉体は神秘であり、我ら殿組派生の誇りなのだ。その神秘を運試しのように扱われ、誇りを穢されたのだから、自尊心は容易(たやす)く崩壊する」

「軽々しく訊いて、ごめん。そんな深刻な話だとは思わなかった」

「構わぬ。私の両親は、稀(まれ)に見る強い愛で結ばれていた。私が証拠じゃ。……多くの子を成して月族を繁栄させると期待されていたが、一部の心ない者たちからは、姫組を脅かし男を誑(たぶら)かす魔物扱いされてもいた。だから、いまさらなにを言われても気にはせぬ」

「いや、失礼なことを言ったときは気にしてくれ。心から謝るから。ごめんな」

「もうよい。それに、母を襲った暴漢は兎組の警備隊に捕らえられ、打ち首になった。私の悔恨も、それと同時に浄化された。気に病むな」

子孫繁栄に人生を懸ける種族の、熱い思いを知り、竹垣は語彙(ごい)の貧困さを恥じた。

考え方も環境も大きく異なるとはいえ、「結婚も子育ても考えたことはない」などという、彼らの種族のアイデンティティを軽視するような持論を口にしたのは反省だ。殿組派生が輝夜だけになった事情を知ったからには、二度と言うまいと肝に銘じた。

「もちろんそのまま月で暮らし、殿組の殿方と見合いを重ねる道もあったが、仲間割れを懸念した長老が、月族を珍しがってくれる稚球人に賭けたほうが、成功倍率があがると申したのじゃ。そして私は宇佐吟を伴い、十歳で稚球へ出向した」

「十歳なんて、まだ子供じゃないか。そんな歳で重責を負ったのか？」

「歳は関係ない。殿組派生だけが授かった能力を、私が使わずしてなんとする」

迷いのない返答に、図らずも感動した。

使命など……この地球で安穏と暮らしている竹垣には、ほぼ無縁だ。見た目の幼さで勝手に誤解していたが、輝夜は成熟した大人だ。

「稚球に降り立った私は、竹藪で養父に発見され、大切に育てられた。やがて私の美貌を聞きつけた有力者たちが次々に屋敷を訪れ、私に求婚した。貢ぎ物は山のように増え、養父母の屋敷も大きくなり、各国を統治する領主たちの耳にも私の噂が届くようになった」

「どこかで聞いた話だな……」

頭の中で民話のワンシーンを思い浮かべながら、広い宇宙には似たような話もあるだろうと適当に片づけ、「それで？」と続きを促す。

「それで、二十歳の誕生日前夜じゃ。我欲を剝きだしにする稚球人に、精も根も尽き果てた私は、三人の求婚者たちを振りきって月へ帰ろうとした。だが迎えの輿に乗った直後、地上から矢を放たれ、私と宇佐吟は輿から落下した。そして気づいたら……」

言葉を切って、輝夜が竹垣を指さした。

「おぬしの、腕の中にいた」

「そういうことか」

ようやく全容がつかめたぞと、竹垣は膝を打った。

「月の引力と矢の力がぶつかって、巨大なエネルギー……っと、横文字はダメか。とにかく、なにか爆発的な力が生じて、あらぬ方向へ弾き飛ばされたんだ」

推測を口にすると、「かもしれぬ」と輝夜も頷く。

「竹垣は、私の話を信じてくれるのだな？」

「ああ、信じるよ。輝夜くんはウソをつくような人には見えない。推察するに、プラネタリウムの天井に、時空のひずみが発生したんだと思う」

「じくうの、ひずみ……とは？」

「きみたちの世界と地球を行き来する、目には見えない通路が、瞬間的に生まれたってことだ」

難しいのうと、輝夜が眉をハの字に下げる。例えば……と、竹垣は割り箸の袋を縦長に開き、一枚の長い紙テープ状にしてみせた。指で挟み、輝夜の目の高さに持ちあげる。

「これが宇宙だとする。この紙の、上を歩いている人がいる。下を歩いている人もいる。このままでは、上側の世界と下側の世界の人は、一生出会う機会がない。でも……」

ボンッと爆発音を唱えて半分捩り、のりたま団子の米粒で端と端をくっつけてから、中心に線を書いていき……書いていき……書いていき……。

「線が繋がったぞ！」

期待どおりのリアクションをしてくれた輝夜の前で、その線をハサミで切ると……。

「おおっ！　ひとつの大きな輪になった！　妖術を使ったな、この魔物め！」

宇佐吟も予想以上に驚いてくれて、少しばかりいい気分だ。「妖術じゃないし、魔物じゃなくても簡単にできるよ」とニヤけながら、説明を補足する。

「なんの接点もないと思われた世界同士が、強い力の影響を受けて捩れ、繋がり、ひとつになる。あり得ない話じゃない」

ふむ、と輝夜が頷く。とても素直で大いに助かる。

「ボンッのところで爆風を受けたと想像してくれ。その爆風が徐々に収まるにつれ、一時は崩れた形も直り、それぞれが元の世界に戻る」

こんなふうに……と、箸袋を元の形に戻したら、「竹垣は天才だ！」と絶賛されてしまった。「百六十年以上前に、メビウスさんという人が発見した法則だよ」と、賛辞は速やかに発見者へ譲った。

「なにせ西東京プラネタリウムは、これまで多くの宇宙を投影してきた場所だ。人の英知を越えたなにかが宿っていても不思議じゃない。輝夜くんと宇佐吟さんの存在が、その証拠だ。……で、ここからが問題だ。どうすれば、きみたちを元の世界に戻せる？」

テーブルに肘（ひじ）をついて身を乗りだすと、宇佐吟が輝夜に耳打ちした。俺も会話に混ぜてくれと言いたいが、警戒するのが宇佐吟の仕事。仕事熱心で素晴らしいことだ。

宇佐吟の内緒話に頷いていた輝夜が、竹垣のように身を乗りだし、伝達してくれる。

「爆風を受けたのであれば、その力を再現すればよい。あの夜と同じ煌々とした満月のもと、当時と同等の条件を作ることができれば、月族が我らを発見し、迎えのやり直しに応じてくれるかもしれぬ……というのが、宇佐吟の意見じゃ」

「いわゆる、仕切り直しでございまする」

鼻をひくひくさせながら宇佐吟が言った。どうじゃ？　と円らな赤い目で見つめられるが、正しいかどうかは、そのときになってみないとわからない。だが可能性はなきにしもあらず。というよりも、それ以外の方法が思いつかない。

「時空の歪（ゆが）みを発生させた力を再現できれば……には賛同する。地球落下時と同じ条件というのは、満月の夜に、三人の地球人から求婚されるという前提か？」

「満月は必須でしょうが、殿方は三人でなくともよい。必要なのは、月族に発見してもらえるほどの輝き……麻呂と吾と予の三人分に匹敵する求愛力でございまする。ただし、月族が輝夜どのを連れ帰ろうとする力と同等ではなく、やや弱めを推奨いたしまする」

「同等よりも、やや弱め？」

そうでございますと、執事のような口調で宇佐吟が頷く。手には、さきほどの箸袋だ。

「同等では、永遠に引っ張りあうか、此度のように弾き飛ばされてしまいまする。月の引力に対して若干弱めであれば、引っぱりあって、引っぱりあって……」

宇佐吟が箸袋の両端を持って引っぱる。そして、「互いの紐が伸びきったところで満月が勝って、ピョーン！」と言って、箸袋の先端同士をくっつけてみせた。

「このように力の強いほうへ飛ばされるわけでございますな。めでたし、めでたし」

箸袋だから紙が垂れ下がっただけだが、これがゴムだとすれば想像は容易い。

「うん、まぁ、言わんとしていることは理解した。理解したけど……」

けど、なんじゃ？　とふたりがかりで怪訝な視線を向けてくる。なかなかの圧だ。

「帰還の理屈と条件はわかった。俺もその説に賛成だ。でも問題は、満月を敵に回せるほどの求愛力を持った人物との出会いだ。そこまで惚れさせるのは、かなりハードルが……難易度が高いと思うぞ？」

率直な意見を述べると、輝夜がムッとした。会話が嚙みあうようになってきたのは、都合がいいのか悪いのか。

「竹垣は、私の美貌を疑うのか?」

睨まれて、「まさか!」と正直に異議を唱える。

「疑わないよ。輝夜くんは稀に見る美形だと思う。思うけど、恋は顔でするものじゃないし、美の基準も、人の好みも十人十色だ」

フッと輝夜が鼻で笑った。「おぬしは嘘がヘタじゃのう」と片側の唇を吊りあげる。

「竹垣は、本心では私のことを美しくないと思うておるのだ。実際に、さほど驚きも感動もしておらぬようだし」

指摘されて狼狽えた。ついさっき、きみの瞬きに見惚れていたと白状するのは避けたいが、輝夜の美しさを意識しないよう努めていることは伝えておきたい。

「いや、輝夜くんは可愛いよ。肩甲骨の下まで垂らした黒髪も綺麗だし、大きな目も吸いこまれそうなほど魅力的だし、額が広くて童顔なところも、なんというかこう……庇護欲をそそる目鼻立ちだ。まるで光の粉でも振りかけたみたいにキラキラしている」

語彙の少なさを自覚しつつも、思いつくかぎりの褒め言葉を猛スピードで並べたら、少しドヤ顔になってくれてホッとした。その素直さに、「可愛いなぁ」と顔の筋肉を弛めたら、宇佐吟から槍のように笛を突きつけられ、反射的にホールドアップだ。

降参の姿勢のまま、「ひとつ大きな問題がある」と即座に表情を引き締めたのは、大問題に気づいたからだ。

「きみたちが落ちてきた場所……西東京プラネタリウムは、じつは九月の最終日に、閉館が決まっている」

「……閉館とは？」

「歴史の幕を閉じること。二度と上映されないどころか、翌週から解体作業が始まる」

え、と輝夜が青ざめた。宇佐吟もソファに背を張りつけ、鼻を動かして抗議する。

「それは一大事にござりまする！　阻止せねば！」

「二度と栄蔵に会えぬのか！　館長とやらに直談判せねば！」

「館長に言っても無理だよ。土地の持ち主は他にいて、俺たちにはなんの権限もない」

「閉館まで、あと何日じゃ？」

「今日は八月三十一日だから、一カ月後。九月三十日で閉館だ」

「一カ月？　それは長いのか、短いのか？」

「月へ戻るには長いけど、恋をするには短いかもな。SF小説を読みまくって育った俺が思うに、時空の歪みは大抵同じ場所に出現するから、上映ドームが取り壊されたら話にならない」

「それはなんとも、由々しき事態じゃ……」

ため息をつく輝夜を励ますべく、よし、と竹垣は正座した。

「試しに俺が求婚してみるか。……輝夜さん、結婚してくださいっ」

左手を胸に当て、右手を突きだし、精一杯のプロポーズの姿勢をとってみた。

「断るっ！」

意気揚々とプロポーズを断った輝夜に続き、宇佐吟がぴょろり～っと神楽笛を吹く。三人揃って窓枠に飛びつき、期待で夜空を見あげるが……。

街の明かりが多すぎて星も見えない上空に、満月がぽこんと浮かんでいるだけ。近づいてくる気配も、使者が現れる兆しもない。

「まったくもって愛が足りぬ」

「芝居は通じないってことだな」

「仕切り直しでござりまする」

そんなこんなで、ひとまず求婚者捜しは明日以降へ持ち越しとなった。

◇◇◇

「……解せぬ」

いま輝夜は素っ裸のまま、「バスルーム」なる場所で立ち尽くしている。

湯浴みをしたいと竹垣に申し出て、「いいよ」と快諾を得たまではよかったが、この狭くて白くて、よく声の響く押し入れのような場所で身を清めるように言われ、狩衣もなにもかも、すべて脱いでみたものの……。

「もちろん竹垣は、ことのほか親切な殿方じゃ。湯が満ちている白い船は、湯船。いま立っている場所は、洗い場。他は触らずとも問題ないとのことだった。……桶でかけ湯をして、ここに身を沈めれば問題ない。だがどうしても、これが気になるのじゃ……」

ブツブツ言いながら、輝夜は壁から突き出ている銀色の出っぱりに手を伸ばした。その真上には、取っ手がついている。これを動かすとどうなるのだろう。

興味に抗えず捻ってみた。と、いきなり冷水が降ってきて、「ぎゃっ！」と叫んで飛びすさる。

冷たい壁を背にして震えていると、壁から生えている蓮の花のような物体から、シャーッと水が噴出している。あれを捻ると、水が放射される仕組みらしい。

おそるおそる手を伸ばし、取っ手を元の位置に戻すと、蓮の花の放水は止まった。ひとまず安堵するが、急に冷水を浴びたため、寒くて歯の根が合わない。

輝夜は急いでかけ湯をし、続いて湯船に身を沈め、事なきを得た……のだが。

『もうすぐ、お風呂が沸きます』

突然声がして、ビクッと飛びあがった。

「だ、誰じゃっ！」

周囲を見回すが、誰もいない。そもそも誰かが隠れるような場所などない。だが、声がしたのは間違いない！

「どこかに誰か……おなごがおる」

誰もいないのに声がする。湯気は温かいのに肝が冷える。

「隠れておるのか！　どこから私を覗き見しておるのだ！　姿を見せよ！」

『お風呂が、沸きました』

ひーっ！　と輝夜は震えあがった。あまりの恐怖に兎耳がぴょこんっと飛びだし、ますます輝夜の不安を煽る。輝夜は耳の先を両手でつかんで目元を隠し、「竹垣〜っ！」と応援を要請した。竹垣はすぐに来てくれた。なにせ竹垣の屋敷は狭い。呼べば一瞬だ。

バスルームの扉を細く開き、「どうした？」と竹垣が声だけで確認する。気を使ってくれているのだろうが、こっちは、それどころではない。

「おなごがおるのだ！　風呂が沸いたと、私に話しかけるのじゃ！」

プッと笑う声が聞こえた。「機械の音声だよ。誰もいないから、気にしなくていい」と言われても……。輝夜は湯船の隅で身を小さくしてブルブル震え、半泣きで懇願した。

「す……すまぬが、湯浴みを手伝ってはくれぬか」

「えっ」

驚いた声のあと、そのほうが早いか……と納得する呟きが聞こえ、竹垣が衣服を脱ぐのが見えた。ええっ？　と慌てている間に扉を押し開け、全裸の竹垣が……っ！

「なぜ其方まで裸になるのじゃっ！」

慌てて湯船に肩まで沈み、顔も背けるが、竹垣の声は平然としている。

「え。だって、風呂に入るときは誰だって裸になるだろ？」

狼狽えているのが自分だけとは、これまた却って恥ずかしい。

「脱ぐのは私だけでよいではないか。竹垣まで、か、かかっ、体を晒す必要はない」

「そんなこと言っても、服が濡れるし」

「濡れてはまずいのか？」

オロオロするものの、「俺がやることを見て覚えれば、明日から自分でできるよ」と、まるで幼子に言い聞かせるような口調で諭され、「子供扱いは心外だ」と、むくれながらも賛同した。

壁の取っ手に刺してある「蓮の花」からは、温かい湯が雨のように降ってくる。押せば泡がでる石けんとやらも、髪を洗うシャンプーとやらも、胸が高鳴るものばかりだ。あれこれ質問していたら、不安や羞恥は湯気になって、いつの間にか蒸発していた。

竹垣が、美しい絵の描かれた小袋から、よい香りのする丸い塊を取りだした。「柚子の香りのタブレットだよ」と言いながら、ぽいっと湯船に放りこむ。

「おお……っ」

しゅわしゅわと音を立て、湯が美しい黄色に染まってゆく。

「月の光のようじゃ！」

湯を掬って鼻に近づけ、匂いを嗅いでいたら、「飲むなよ」と竹垣が慌てた。その言い草がおかしくて、輝夜は声を出して笑った。

「この星の湯浴みは楽しいのぅ、竹垣」

「それはよかった。わからないことを少しずつ減らしていけば、不安も減るよ」

「竹垣の言うとおりじゃ。この月光色の……柚子の香りのたぶれっと。とても気に入った。故郷へ帰るとき、ひとつ分けてくれぬか？」

いいよと言われ、ますます帰還が楽しみになる。

それにしても……養父母や宇佐吟以外の誰かと湯浴みをしたことがなかったから、竹垣を正視できない。ちらちらと盗み見た感触では、なかなか逞しい体をしている。

こんな体に恵まれながら、少しも威張らず、力を鼓舞したりもしない。それどころか語り口調は穏やかで、親切で、輝夜を見る目も、少しもギラギラしていない。だからまったく怖くない。それどころか一緒にいて安心する。こんな殿方は初めてだ。

「長旅の疲れを癒すには、風呂が一番だ」

体を洗い終えた竹垣が、湯船を跨いで入ってきた。ザーッと勢いよく湯が溢れる。竹垣の雄々しい首や肩から目を逸らし、輝夜は湯を手で掬いながら訊いた。

「長旅なのか？　私は」

「別の星から来たなら、距離的には誰も経験したことのない長旅だ。それに、まだ旅の途中だろ？」

「そう、途中だ。私は故郷へ戻るのだ」

「戻れるよう、全力で協力するよ」

なんと献身的なのだろう。ありがたくて胸が熱くなる。竹垣と話すと、気持ちが軽やかになる。

輝夜はそっと視線を起こした。竹垣は……湯船にもたれて目を閉じている。温もりが心地いいのだろう。

改めて観察すれば、水も滴るいい男だ。眉もはっきりして、鼻骨も筋がとおっている。首は太く、肩や胸は厚みがある。湯船の縁に載せている左腕も、指で押して弾力を確かめたくなるほど固そうだ。だからこそ易々と輝夜を受け止められたのだろうが……。

稚球の求婚者たちは、力で競い合っていた。財力、腕力、武力、——力のある者が偉いとされ、崇められていた。

「……これほどの体格に恵まれながら、竹垣は、なぜ威張らぬ？」

え？　と目を見開いた竹垣が、不思議そうに目を瞬く。

「威張る必要、ある？」

訊かれて、今度は輝夜が「え？」と目を丸くする。

「威張るのが男というものであろう？」

「そんなことないよ。威張るのは、弱い証拠だ」

そうなのか？　と目を丸くしたら、そうだよ、と眉を寄せて苦笑された。

「弱い犬ほどよく吠えるっていう諺、知ってる？　臆病だからギャンギャン吠えて、必死になって威嚇する犬だ。威張る人は、実力以上に自分を大きく見せたいだけだよ」

初めての思考に触れ、輝夜はぽかんと口を開けた。

竹垣の論でいくと、輝夜に求婚した稚球の男たちは全員が臆病者ということになる。みな「我こそは！」と周りを押しのけるようにして威張っていたから。だが、もしあれが自分を大きく見せようとして虚勢を張っていたのだとしたら……少々哀れだ。

やはり求婚を断って正解だった。麻呂と吾と予も、興味本位で輝夜を娶るより、そのままの麻呂と吾と予を慕うてくれる姫君とメオトになったほうがいい。

「俺は特別強くもないし、弱いわけでもない。でも、威張る必要は感じない」

普通が一番だと微笑む竹垣に、輝夜は笑顔で賛同した。この星の殿方全員が、竹垣と同じ考えなら、なんと平和な星だろうと思う。

「その体格にものを言わせて、脅したことは一度もないのか？」

「ないよ。体格といっても標準より少し大きいだけで……あ、高校時代にバスケ部だったから、筋肉はあるか。バスケっていうのは……蹴鞠、知ってる？　あれに似た競技だ。足じゃなく手を使って味方に毬を回す。自分の陣地に、毬を多く入れた者が勝ち。結構腕の筋肉を使うんだ。こんなふうに」

そう言って竹垣が、洗い場に手を伸ばした。白くて丸い、ふわふわしたものを掬いあげたかと思うと、湯浴み場の天井近くまで放り投げ、易々と両手で受け止めてみせる。

「これが、バスケ」

いたずらっぽく笑ったその手には、突然の毬扱いに固まる宇佐吟！「毬扱いするでないっ」と、宇佐吟が前歯を剝いて威嚇する。

「いつ入ってきたのだ、宇佐吟。まったく気づかなかったぞ」

竹垣に何度も放りあげられながら、宇佐吟が空中で質問に答える。

「竹垣どのが侵入を果たした際でございまする。このような狭い空間で間違いがあってはなりませぬゆえ、わたくしめもひと肌脱いで、扉が閉まる寸前に滑りこんだ次第っ」

間違いって？　と竹垣に訊かれた宇佐吟が、「心当たりがないと申すか！」と目を吊りあげて憤慨する。

「要するに、宇佐吟も湯浴みに来たのだな？　ひとりの湯浴みは、お前も不安であろう」

竹垣から宇佐吟を譲り受け、湯船の縁に座らせてやると、ハッと我に返った宇佐吟が、

「不安など、ございませぬっ」と意地を張った。

「竹垣流に申すなら、意地を張るのも、弱みを見せないためであろう」

な、と竹垣に賛同を求め、「そのとおり」との同意を得て、宇佐吟を黙らせる。

「……おふたりは、すっかり意気投合でございまするな」

不満を零し、宇佐吟が洗い場に飛び降りた。竹垣が長い腕を伸ばして筒状の容器をつかみ、「両手で受けて」と宇佐吟に声をかける。

おぬしの命令など……と、再びブツブツ言いながらも、可愛らしく両掌を揃える。容器から押しだされた白い泡が……こんもりと。

「これはボディソープ。宇佐吟さんの場合はシャンプーを勧めるべきか迷うけど」

体に擦（こす）りつけて洗うんだよと竹垣に言われ、「なぜわたくしが、貴様の命令など」と文句をつけながらも従うのがおかしい。ふて腐れた態度で洗い場に屈（かが）み、両耳を揉（も）み洗いする手つきは器用だ。

湯船の縁に両腕を預け、重ねた手の甲に顎を載せ、輝夜はふふっと笑った。

「たぶれっとも、よい香り。ぼでぃそーぷも、よい香り。気持ちいいのぅ、宇佐吟」

呼びかけると、泡だらけの宇佐吟が目を吊りあげ、「月のほうが、いいもの揃いでございまする！」と言い放ち、お腹と背中を泡立てる。

「なにを怒っておるのだ、宇佐吟」

「怒ってなどおりませぬ」

「いつもはもっと穏やかで優しゅうて、私の親のように寛大であろう？」

「…………」

「知らぬ星に飛ばされたことがつらいなら、それはすべて私のせいじゃ。赦せ、宇佐吟」

「輝夜どのは、なにも悪くありませぬ。悪いのは……」

ジロリと宇佐吟に睨まれて、俺？　と竹垣が自分を指す。

「どうして俺？　濡れ衣だろ」

「なにを惚けておりまする。身に覚えがございましょうが！」

なぜか宇佐吟に敵意を剝きだしにされている竹垣が「ないよ」と肩を竦め、蓮の花を宇佐吟に向け、シャーッと湯をかけた。

その夜は竹垣の、袖が半分だけの「てぃーしゃつ」と、膝上までの「はーふぱんつ」とやらを借り、身につけた。

涼しくて軽くて肌触りもいい。いままで着ていた狩衣の重さと暑苦しさはなんだったのかと思うほど、こちらは身軽だ。ただし、はーふぱんつは腰周りが緩すぎて、竹垣が紐を引っぱって調節してくれなければ大変なことになっていた。

もちろん輝夜だって衣類の紐くらい引っぱれるが、そもそも着方が不明すぎた。だが竹垣のおかげで、ひととおりのものは理解できた。多少のことでは、もう驚かない。

「輝夜くんの服は、明日買いに走るとして……髪はどうする？」

どらいやーという熱風を噴きだす物体で髪を乾かしてもらいながら、「どうするとは？」と訊き返した。輝夜の隣の椅子に腰かけ、一緒に体毛を乾かしている宇佐吟が、「この星の殿方たちのように短く切るか？　という質問かと思われまする」と素早い理解力を見せつける。

「剃髪は、いやじゃ」

「別に坊主にするわけじゃなし。まぁ、長髪のままでもいいけど、昼間は暑いと思うよ。この辺の残暑は厳しくて、路面の照り返しで倒れる人もいるほどだから」

「そ、そんなに暑いのか？」

うーん……と迷った末に輝夜は、「これが良い」と指さした。「髪を乾かしている間、すまほでゆーちゅーぶでも見てて」と言われるままに眺めていた、小さく薄く摩訶不思議な長方形の板の中で踊っている女子の髪型だ。

こんな小さな箱の中に人がいる！　などと驚きはしない。ぷらねたりうむの満月で、栄蔵の知識はすでに得た。要するに、すまほの中に小さな栄蔵がいるのだ。……たぶん。

その栄蔵だが、栄養失調かと心配になるほど痩せた五人の女子が、奇妙な踊りを披露している。その真ん中にいる女子が、懐かしい髪型をしていたのだ。

「二筋垂髪じゃ。これがよい」

「ああ、これはツインテ……えっ、ツインテール？」

今度は竹垣が、うーん……と迷う。「ギリ中学生が、ついに性別不明の小学生に……」

と温風越しに聞こえたが、意味がわからない。それより髪型の話がしたい。

「二筋垂髪は、よく養母に結ってもらっていた。似合うと、いつも褒めてくれた」

これなら剃髪せずとも済むし、馴染みもある。成人した大人の髪型かと問われれば疑問だが、すまほの栄蔵の女子たちも大人だから問題ない。

「切ってしまうと烏帽子を固定できない。それでは月へ帰ったときに困ってしまう。それに、この少し上のあたりの両側で髪を結わえておけば、万が一にも人前で耳が飛びだしたとき、『いまおぬしが見たのは、耳ではなく髪の毛だ』と言い逃れができる」

こんな感じで、と髪を左右に分けてみせると、竹垣は呆れ顔ながらも、「まぁ、きみがそう言うなら」と認めてくれた。

兎の耳を隠す必要のない宇佐吟は、洗い立てで目に眩しい純白の体毛に温風を受け、うとうとと舟を漕いでいる。なにやら鼾まで聞こえてきた。輝夜は宇佐吟が椅子から転げ落ちないよう、そっと肩に手を回して支えた。

「じゃあ明日は、髪を束ねるヘアゴムも買おう。……はい、完了。乾いたよ」

量が多いから大変だな、と竹垣が笑う。……竹垣は、よく笑う男だ。輝夜を大事にしてくれた養父母を思いだす。養父母も、よく笑う夫婦だった。

竹垣がどらいやーを片づけ、すまほの栄蔵を消している間に、輝夜は椅子から下りた。眠っている宇佐吟を起こさぬよう。そっと抱きあげる。……いつにも増してふわふわだ。

輝夜は竹垣を見あげ、今日一番伝えたかった言葉を口にした。

「飛ばされた先が、竹垣のいる星でよかった。恩に着る」

ようやく伝えることができた感謝は、「どういたしまして」という言葉とともに、優しい笑みで受け止められた。

この世界に落下したときも感じたが……竹垣は受け止め方がうまいと思う。

その夜は、ソファの背もたれを倒して広げた寝床で、たおるけっとを体にかけ、宇佐吟を抱きしめて眠った。竹垣は隣の部屋の、自分の寝所で休むようだ。

夜空に浮かぶ満月も、とても大きい。だが、輝夜が稚球から見あげていた月は、もっと大きくて明るかった。ここから臨む月は故郷の月とは異なるものだが、それでもやはりそっくりだから、見れば恋しさは募る一方だ。

「……帰りたいのぅ」

竹垣には良くしてもらい、心から感謝しているが、やはり別世界は……寂しい。宇佐吟がいてくれなかったら、ずっと泣いていたかもしれない。とくに夜は、心が弱くなる。

月族の繁栄は、輝夜の身にかかっているのだからしっかりしないと……と心を奮い立たせたいが、ふと、不安が過ぎるのだ。月が輝夜を見捨てた可能性もあるな……と。

稚球人との関係悪化を恐れて、手を引いた……とか。

「――……いやじゃ」

輝夜は身震いした。そんなはずはないと思いながらも、絶望に襲われそうになる。

「私を見捨てるな、月族よ。必ずや務めを果たすから……」

宇佐吟の頭に鼻を埋めると、ぼでぃそーぷの香りがした。モコモコと泡の立つ液体は、輝夜の知る世界にはない。梅と桃と桜を集めて煮詰めたような独特の甘い香りもだ。

自分と宇佐吟は本当に、知らない星へ飛ばされてしまったのだ。

帰るためには、飛ばされたときと同じ状況を作らなければ。麻呂と吾と予が見せた執着にも負けない、強い求愛が不可欠なのだから。

「泣いているひまなどない。頑張らなければ」

それでも涙が頬を伝う。寝ぼけたふりで宇佐吟が、耳を動かして拭ってくれる。

優しい慰めが嬉しくて、それよりあとは泣かずに済んだ。

◆◆◆

壁の向こうから、鼻を啜る音が聞こえたようだが……すぐに止んだ。

「……ホームシックか」

ベッドで寝返りを打ちながら、竹垣は同情した。そりゃ不安だし寂しいよな、と。

一日も早く故郷へ帰してやりたい。いつどんなタイミングで「お迎え」が来ても慌てないよう、輝夜と宇佐吟をプラネタリウムへ同行するのがベストだろう。

どうやって館長に説明しようかと思案しつつ、竹垣は照明を落とした室内を見回した。

天体望遠鏡と、ベッドと、積みあげた衣装ケース。それだけで満杯の寝室の隣で、自分以外の誰かが眠っているのが不思議だ。彼女とデートするよりも、深夜にひとりで夜空を眺めているほうが好きだから、恋愛が長続きした経験はない。この部屋に他人を招く機会もないまま、現在に至っているのだが……。

なんの抵抗もなく部屋へ招き入れた理由は、彼らが他の星から来た宇宙人だと信じたからだ。自分と同じ地球人なら迷わず「虚言」と決めつけて、警察に委ねる案件だ。

それに、宇宙人を拾いましたと警察に届けたところで、信じてはもらえまい。そのまま預かり案件にでもなれば、留置場に放りこまれる。それでは、あまりにも可哀想だ。

「捨て猫を拾った場合、拾い主が責任をもって面倒を見るもの……だよな」

ぽつりと本音を呟いて、ひとまず自分の判断をヨシとした。

ただし、さっきも輝夜たちに伝えたが、のんびりとはしていられない事情がある。

竹垣が勤務する「西東京プラネタリウム」は、老朽化のため閉館が決定している。改装ではなく文字どおりの閉館で、長く愛されてきたその歴史に幕を閉じるのだ。

だから、こんなふうにも思ったりする。西東京プラネタリウムが最後の意地で、本物の宇宙を映そうとしたのだろうか……と。宇宙人の存在を信じて疑わない竹垣は、物にも思考や感情が宿ると少なからず信じているのだ。呆れられるから口にはしないが。

輝夜たちの話によれば。月族の使者が、わざわざ雅楽を奏でて迎えにきたらしい。それほど輝夜が必要であり、月族にとって重要だという証拠だ。だから、必ず迎えにくる。

いまごろ月族は輝夜と宇佐吟の行方を見失い、右往左往しているだろう。稚球とやらと、戦争になっていなければいいのだが。

「リアルかぐや姫の世界だな。とにかく勝負の最有力日は、次の満月だ」

枕元で充電中のスマホを持ちあげ、天体観測系のアプリを開き、月の周期表で次の満月を確かめてみれば、なんと中秋の名月！

それは九月二十九日。――プラネタリウムの閉館前夜だった。

「其方やおぬしではなく、あなた。親しい相手なら、きみ、お前」

「ふむ。理解した」

「でも、いくら親しい相手でも、年上をお前呼ばわりしてはいけない」

「わかった。竹垣や館長のことは、お前とは呼ばないから安心しろ」

「ありがとう、助かるよ」

目の前の横断歩道を急ぎ足で渡るサラリーマンや、のんびりとベビーカーを押す母親たちを眺めながら、竹垣は「現代」をレクチャーする。

助手席に座る輝夜が、さっきから車窓に顔をくっつけるようにして、流れる景色を堪能（たんのう）している。それでもきちんと質問に答えるあたり、誠実で律義な性格だ。

「きみ、あなた、お前。これは簡単じゃ。普段の言葉と、さほど変わらぬ」

「いま話した言葉、この星の言葉に置き換えてみて」

「えー……、これは簡単だ、普段の言葉と、あまり変わらない……で合っているか？」

理解力の速さに感心しつつ、「では問題」と、クイズ形式でまとめに入る。

「現在二十歳の輝夜くんは、宇宙好きの帰国子女です。大学の許可を得て来日し、プラネタリウムのボランティアスタッフに従事しています。……さて、そこで質問です。お客様から『トイレもしくは、お手洗いはどこですか？』と訊かれました。どう答えますか？

……昨日教えたとおりに言ってみて」

えーと……と輝夜が考えたのは、ほんの数秒。

信号が青に変わり、竹垣がアクセルを踏むより早く、スラスラと諳んじてみせた。

「トイレは、この上映ドームを背にして通路を直進、つきあたりを左に折れた右手にございます……で合っているか？」

「合っているよ、ＯＫ。……っと、ＯＫの使い方も覚えておくといい。いいよ、そうだよ、という意味や、相手の言っていることに賛同や同意を示すときに使う。ＯＫ？」

「オーケーだ。……わからない言葉はカタカナという分類であったな。だとすれば、オーケーもカタカナだ。使い方は、いまので正解か？」

本当は英語だが、覚えることが多いと混乱するだろうから、親指を立ててＯＫと返した。

そしてハンドルを大きく切り、西東京プラネタリウムの平面駐車場へ乗り入れる。

団体専用バスも駐車可能な広大な土地の、施設から一番遠い隅に従業員用の駐車スペースがある。最寄り駅から徒歩二十五分もかかるため、車通勤を許可されているが、ほとんどのスタッフが自転車通勤だ。

ちなみに常勤正社員は、館長と竹垣のふたりだけ。チケット窓口もミュージアムショップも休憩ルームも展示室も清掃も、現地スタッフはすべて派遣社員やパートタイマーだ。

営業時間は九時半から十七時半まで。開館四十分前に出勤する竹垣よりも早く、館長のセダンは停まっている。館長より早く出勤しなければ……と一時間早く到着したことも過去にはあったが、そのときもセダンに先を越された。

早出の理由を訊いてみれば、なんのことはない、家庭の事情だ。中学一年と三年の娘たちが揃って「パパ、臭い！」「食べ方、汚い！」などと怒るから、これ以上嫌われないよう、娘たちの起床前に家を出るのだと聞かされて以来、もう張りあわないことにした。

隣に横付けしてエンジンを切り、言葉遣いの最終確認をする。

「今日明日は、土日だ、いつもより来館者が多いから、訊かれることも増えるだろう。でも語尾さえ気をつければ、おかしいことはなにもないから自信を持って接客してくれ。もしなにか不思議な顔をされたら……」

「私は帰国子女です。日本語を勉強中です。……と言えばオーケーだったな」

早くもOKの使い方をマスターした輝夜の頭に軽く触れ、「上出来だ」と褒め讃えた。

「竹垣は、私がひとつ覚えると、じつに嬉しそうな顔をするのだな」

「そりゃ嬉しいよ。飲みこみが早いから教え甲斐があるし、月へ帰るまでの間、せっかくならこの世界を楽しんでもらいたいし」

そしてまた頭に手を載せると、「これは竹垣の癖なのか？」と眉を寄せられた。

「これって？」

「頭をポンポンすることじゃ。……ことだ」

唇を尖(とが)らせるから、不快だったかと焦り、とっさに「ごめん」と手を浮かせた。すると輝夜が「そうではない」と首を振り、「それをされると、心がふにゃりと柔らかくなるのだ」と独特の表現で伝えてくれた。

「頭をポンポンされると、なにやら私は、ほっとするのだ」

ふふっと笑って竹垣の手を両手でつかみ、追加のポンポンを促してくる。これには竹垣も参ってしまい、可愛らしい要求どおり軽く叩いてやったのだが。

「ぅおっほん！」

咳払いがして、慌てて手を引き、後部席を振り返った。そこでは、西東京プラネタリウムのロゴ入りナップザックの絞り口から首を出し、ハサミでカットした側面の穴から両手足を出した宇佐吟が、赤い目を吊りあげて座っている。

「あ、ごめん。待たせたね、宇佐吟さん」

「待たせたね、ではござりませぬ。窮屈な袋を被せられ、ぬいぐるみとやらの真似をして終日過ごす、わたくしの気持ちを考えたら……」

「ナップザックの素材は麻だから、暑くはないと思うけど」

「気候の話ではござりませぬっ」

「其方が苦しくないよう、優しく背負うから安心しろ、宇佐吟」

「そうではなく、輝夜どのに、そのような真似をさせてしまうのが忍びなく……」

「遠慮するな、宇佐吟。昨日リュックの隙間から見たであろう？　トイザウルスとかいう玩具店で、ぬいぐるみを背負ったり抱えたりしている子どもたちを。衣装店に並んでいたティーシャツにも、背中や胸に賑やかな絵が描かれていた。だから我々もこの世界に馴染もう。動物を背負ったり描いたりするのは、地球では当たり前の光景なのだ」

ふふん、と得意げに胸を張る輝夜に対し、「当たり前でもないけど」などと水を差すような失言はせず、ここは頷いて賛同する。

一応輝夜にはスニーカーと白いTシャツ、そしてデニムのオーバーオールを着せた。兎のぬいぐるみを背負っていても、違和感の少ないバランスには近づけられたと思いたい。

だがツインテールのヘアゴムは、右が星、左が兎のチャーム付きだ。お好きな十個で三百円というイベント性と安価につられ、輝夜に選ばせてみたら、みごとに十個全部異なるチャーム付きを選択されて、この結果になった。

果たしてこんなファンシーな外見で勤務できるのか、館長のOKが出るのかどうか怪しいが、当たって砕けろ……と事前の説得を放棄している理由は、似合いすぎるから。

「館長には同行の許可をもらってあるけど、地球外生命体ってことはバレないように」

「オーケー。もし宇佐吟のことを訊かれたら、我が一族に代々受け継がれる、家宝のぬいぐるみだと説明しよう」

「家宝は大袈裟だから、大切な……くらいにしておこうか」

微調整をお願いすると、輝夜がにっこり笑って「大切な」と素直に訂正した。

「よいな？　宇佐吟。勤務中は、お前は私の大切なぬいぐるみだ」

「オーケーでございます。これより先はこの宇佐吟、輝夜どのの大切なぬいぐるみに徹するため、口を噤みまする」

宇佐吟も学習能力を発揮して、協力体制を示してくれたのはありがたい。竹垣が言えば真っ向から刃向かうくせに、輝夜に対しては従順だ。

「のぅ竹垣」

「なぁにしようか」

「なぁ竹垣。今日も満月の栄蔵を見られるかのぅ。……なぁ」

「ああ。閉館日までは毎回最終上映で、『月からの伝言』を投映することになっている。最後に満月が大きく映しだされるから、お楽しみに」

「本物の満月を待たずして、月に帰れるかもしれませぬな」

むふふふ……と笑いを噛み殺しているのは宇佐吟だ。だからご機嫌なのかと納得し、だといいなと微笑んだら、「なにを笑うておる！」とナップザックから飛びだしている手足をジタバタ動かして憤慨された。かなり気難しい兎だ。

「ぬいぐるみに徹する約束だよ、宇佐吟さん」

指摘すると、とたんに四肢をだらんと下げ、くたっとしてみせる。昨日トイザウルスで本物のぬいぐるみを見て学習しただけあって、なかなかの擬態ぶりだ。

ちなみに昨日の外出では、宇佐吟をデイパックに詰めて竹垣が背負い（竹垣の背中は屈辱だと最後まで抵抗されたが）、ファスナーの隙間から市場観察してもらった。その成果が発揮されることを願うばかりだ。

輝夜がナップザックを背負い、「いつでも行けるぞ」と目を輝かせる。竹垣は片目を瞑り、ＯＫと親指を立てた。

「さあ、一日の始まりだ。ふたりとも頑張ってくれよ」

「オーケー」

「オーケーでござ……これより先は黙りまする」

竹垣は揺れそうになる肩に力を入れて笑いをこらえ、「よし、行こう」と声をかけ、車から降りた。

駐車場を横切り、円形の投映ドームを上部に配する建物の左側へ回りこみ、『関係者以外立入禁止』のプレートがついた鉄扉のノブを回す。

そしてもう一枚、今度は気密性の高い鉄扉のレバーを回し、手前に引き開けると。

「おお……」

輝夜が感嘆の息を漏らして上空を見あげた。通路は吹き抜けになっていて、二階と三階が見渡せる。窓から射す陽も優しく、明るく、天井からは虹を模した巨大モビールが下がっており、空間に彩りを添えている。

壁に貼(は)られている案内プレートも虹を意識して、華やかな七色の構成だ。外から見れば淡灰色の建物も、中に入ればこのとおり。輝夜には驚きだったろう。

「じつに見事な意匠じゃ。高名な大工の手によるものであろう？」

「輝夜くん、言葉が雅になっているよ」

ひと声かけるが、興奮しきりの輝夜はきょろきょろとあたりを見回して落ちつかない。

「いやはや、じつに壮大な建物だ。昨日拝見した館内図とは随分違う。なにより驚いたのは、風の音や騒音がとたんに止んだことだ。竹垣の部屋は、外の音がよく聞こえた」

「……壁が薄くてごめん」

「ここは、まるで空気を封じこめたかのようだ。よって、とても頑丈だ」

普通のコンクリートの建物を、そんなふうに感じるのか……と思わず唸った。おかしいか？　と振り仰がれ、いや、と感心しつつ微笑み返す。

「おかしくないよ。きみと話していると、俺のほうが知らない星に迷いこんだ気にさせられる。……っと、星の話は厳禁だ」

話を中断したのは、緩やかにカーブした通路の奥から、話し声が近づいてきたから。ほどなくしてカバーオール姿の館長が現れ、その隣には淡いグレーの上品なスーツの……。

「おはようございます。三鷹さん、館長」

館長より十歳ほど若い客人の名を先にした理由は、この土地の権利を所有する不動産会社の後継者だからだ。

三鷹不動産が扱う広大な土地を借りて、四半世紀に亘り営業を続けていた西東京プラネタリウムは施設の老朽化に伴い閉館するが、三鷹不動産としては建造物の解体費用を浮かせるべく、ひとつでも多くの館内備品を換金しようと目論んでいるようで、後継者直々に、こうしてチェックに訪れるのだ。

『先週見たときより什器が汚れている』や『ラボの作業台の傷を増やすな』など、小言も多い。『トイレの案内プレートは知人の病院に移設するから、汚さないように』と注意を受けたときは、そんなものまで転売するのか？　と顎が外れそうになった。

片っ端から債務とされてゆく現状に憂いながらも、だが考えてみれば廃棄処分より再利用という考えは時代に即していると納得する。ここで働く人間から見れば、三鷹の存在は少々窮屈に感じるものの、経営者としては適任だ。

竹垣に気づいて「おう」と館長が片手をあげる。そして、竹垣の斜めうしろに立つ輝夜を見つけて、「一昨日の子か」と言ったあと、笑み崩れた。……笑み崩れた？

滅多に笑わない館長の笑顔を、大学卒業後からの勤続四年で初めて目にした竹垣は、思わず館長と輝夜を交互に見た。輝夜も輝夜で、人懐っこい笑みを浮かべている。館長の笑顔に安心したのか、輝夜の笑顔が館長に伝染したのかは不明だ。

「うちの娘たちも、こんな可愛いときがあったなぁ。家内がよく、娘たちの髪をそんなふうに結んでやっていたよ」

館長の笑顔の理由が判明したら切なくなったが、輝夜を何歳だと思っているのだろう。「やー、おはよー」と、小学生に話しかけるように愛想よく輝夜の顔を覗きこみ、ますます目を細めている。一時の癒しになったのであれば……まぁ、よかった。

「きみが、例の帰国子女か。たくさん勉強していってくれ」

「はい、ありがとうございます。竹垣智登世（ちとせ）の従弟の、輝夜です。しばらくの間ボランティアスタッフとして、お世話になります。よろしくお願いいたします」

ぺこりと頭を下げた輝夜の背中で、ナップザックから飛びだしている宇佐吟の首や手足がブラブラ揺れた。さすがは宇佐吟、ナイス擬態だ。きみは兎が好きなのかな？　と笑って済ませてくれる館長にも驚きだ。ツインテールの威力、恐るべし。

「ボランティアスタッフ？　可愛いね」

親しげな口調で近づいてきたのは三鷹だ。見るからに興味津々の目をしている。

「はじめまして。僕は三鷹。三羽の鷹と書く。この土地の所有者の息子だ。よろしく」

三鷹がさりげなく前髪を掻きあげ、立ち位置を簡潔に伝えた。袖から覗くハイブランド

の腕時計と、ホワイトニングされた歯が、天窓から降り注ぐ太陽光を反射して眩しい。

「それは縁起のよい芳名でございますね。私は輝く夜と書いて、輝夜と申します」

「輝夜ちゃんか。いい名前だね。いま、いくつ？」

「二十歳です」

ええっ！　と驚愕（きょうがく）したのは三鷹と館長。ふたりの声が吹き抜けに反響し、虹のモビールがゆらゆら揺れる。

「どうみても中……いや、高校生に見えるよ、輝夜ちゃん」

「おい、竹垣。学生ってのは、中学じゃなくて大学か！」

「え？　あ、まぁその……」

しどろもどろの竹垣に苦笑して、三鷹が一歩踏みだし、なにを思ったか輝夜の肩に腕を回した。その手が宇佐吟の頭を押しのけたように見えて、ギョッとする。

宇佐吟が憤慨するか噛みつくか……とハラハラしたが、辛うじて我慢してくれた。ひげが小刻みに震えているのは、屈辱に耐えている証拠だ。

さりげなく竹垣は輝夜の肘に手をかけ、自分のほうへ引き寄せた。怒りに震える宇佐吟を隠すためであって、馴れ馴れしい三鷹を牽制（けんせい）するためではない。

だが三鷹は竹垣が引き寄せたぶんだけ、しつこく輝夜に身を寄せる。それどころか、断りもなく輝夜のツインテールに触れたのだ。

「ツインテールとぬいぐるみがここまで似合う二十歳は、初めて見たよ」

笑いながら三鷹が視線を移した先は、輝夜の胸元。オーバーオールの内側に、胸の膨らみがあるかどうかを探っているようだ。

「輝夜ちゃんじゃなくて、輝夜くんなのかな？　輝夜くんはアニメファン？　あれだ、月に向かって成敗する！　のファンだ。違う？　海外は日本アニメのファンが多いよね」

ね、と同意を求められても困るから、肩だけ竦めて終わらせた。

「海外暮らしが長かった？　従兄（いとこ）しか身寄りがない？　へー、そうなんだ。宇宙が好き？　だったらここでたくさん学ぶといい。といっても、今月末には潰れるけど」

土地の権利者の公認を得られたのは嬉しいが、ややデリカシーに欠けるセリフには、こめかみが引きつった。

長い立ち話を終わらせるべく、「そろそろ開館準備に入ります」と三鷹と館長に一礼したとき、靴音とともに陽気な声が飛んできた。

「館長、竹垣さん。おはようございまーす」

「あれ？　もう来館者ですかぁ？」

「あ、違った。オーナーさんでしたか。すみませーん」

ミュージアムショップのパートやチケット窓口の派遣社員が、賑やかに姿を見せた。竹垣は彼女たちに輝夜を簡単に紹介し、上映ドームへ向かうべく輝夜を促して……。

その輝夜を、なおも三鷹が引き止める。

「輝夜くんは、いつまでボランティアスタッフを？」

この質問には、竹垣が即座に「ここが潰れる今月末までです」と、若干の報復をこめて返した。「です」と輝夜もひとつ頷く。

いいね、と目を細めた三鷹が、輝夜の耳元に口を寄せて囁く。「性別を間違えたお詫びに、今度ディナーでも」と。

ディナーの意味がわからない輝夜が、「オーケー」と即答してしまったのは……。

ひとえに竹垣の、指導力不足だ。

◇◇◇

「ディナーとは、夕餉のことであったか。知らなかった」

では私は夕餉に誘われたのか？　と訊くと、竹垣が呆れ顔で肩を竦めた。肩を竦めたいのはこちらのほうじゃ……と、輝夜はため息と一緒に心細さを吐きだした。

「さきほどの男、なんとなく麻呂に似ておる。顔ではのうて、雰囲気が」

ぽつりと零し、不安な視線を竹垣に向けた。だが竹垣は、たくさんの突起や差しこみ口が並ぶ操作盤を前にして、開館準備で忙しい……が、楽しそうだ。

輝夜は気持ちが惹(ひ)かれるままに、竹垣の指の動きを目で追った。竹垣がひとつなにかするたび、黒い操作盤に赤や黄や緑の……車の中から見える「信号」とやらに似た色の光が点灯したり、点滅したりする光景が、とても美しい。

夢心地で眺めていたら、「麻呂って求婚者のひとりだっけ」と訊き返してくれた。忙しくても話を聞いてくれていたと知って嬉しくなるが、同時に麻呂の……ぬめっとした執拗(しつよう)な気配と細い目を思いだし、背筋が震えた。

「そう。帝が推薦した求婚者候補のひとりだ。物腰は柔らかいのだが、育ちのよさを鼻にかけるときがあるのじゃ。機嫌を損ねたら手を焼きそうな気配が、少し似ておる」

「似ているなら、求婚者候補のひとりに発展する可能性は高いんじゃないか？」

竹垣に言われ、思わず「おお！」と声をあげた。そういう見方もあったか。背中でぬいぐるみと化していた宇佐吟も、擬態を中断し、「かもしれませぬな」と賛同する。

「さすがは輝夜どのでござりまする。早くもこの星の殿方の目に留まりましたな」

「う……、うむ」

「いやぁ、よかった。これならば次の満月には、確実に我らの世界へ戻れまする」

喜ぶ宇佐吟に、そうだな、と輝夜も頷いた。三鷹が求婚者候補であれば、ディナーの誘いをオーケーしたのは正解だったと言える。帰還計画に向けて順調な滑りだしだ。

「満月までに、月の引力と同等の求愛力を得られるよう、励みましょうぞ」

「そうだな、励まねば」

これは、月へ帰る第一歩だと、輝夜は自分に言い聞かせた。とても喜ばしいことだ。だから、もっと喜ばねば。

「のちほど三鷹どのに再会したら、愛想ようせねば」

「ディナーとやらが楽しみですなぁ、輝夜どの。わたくしはナップザックで手足を揺らしているだけでございますが」

「……竹垣も、一緒だよな？」

カバーオールの袖を引っぱると、「デートなら、俺は邪魔だ。同席しないほうがいい」と頭をポンポンされて……。

どうしてだろう。いまのポンポンは――嬉しくなかった。

説明の難しい疎外感が、輝夜の心に寂しさを生む。邪魔なはずがないのに。逆に、そんな言葉で遠慮されたり、距離を置かれたりするほうが……寂しい。

「あのな……竹垣」

「うん？」

「今日は行かないぞ？　いくらなんでも、まだ不安だ。夕餉は竹垣と摂る」

オッケーと笑った竹垣に、また頭をポンポンされたが、今度はちゃんと嬉しかった。

さっきのポンポンとの違いはなんだろう……と首を傾げているうちに、営業開始の音楽とやらが鳴り響いた。

「ご鑑賞ありがとうございました。お出口は、こちらです」

扉口に立ち、輝夜は教わったとおりの言葉で来客を送った。もちろん笑顔も忘れない。館内は屋外と異なり、とても涼しい。半袖では風邪(かぜ)をひくからと、館長がスタッフジャンパーという白い羽織を貸してくれたおかげで快適だ。客にお辞儀をするたび衣擦(きぬず)れの音がする素材だが、とても軽くて気に入った。

宇佐吟入りの麻袋を背負った輝夜に対し、来客たちはとても優しい。中にはわざわざ宇佐吟の手足を撫でにきてくれる親子連れもいて、友好的だ。

また、男女問わず肌を露出させている客も多く、最初は目のやり場に困ったが、今日半日の勤務で慣れた。武装した者はおらず、誰もが軽装だ。気楽で非常に好ましい。

なにより幼子が多いことに驚かされる。感じた不思議を竹垣に問うと、「夏は紫外線を避けて、屋内施設で子供を遊ばせる家庭が多いかな」とのことで……知りたい答えから外れたが、こんなにも子供が存在する。どれだけ平和な星なのだろうと羨ましくなる。

最後のひとりを見送って、上映ドームの重い扉を閉めようとしたとき。

「あのー」

リュックを背負った若者に声をかけられた。やや長めの固そうな髪の間から覗いている目は、糸のように細い。猪にも似た粗野な雰囲気が、吾を思い起こさせる。

「あのー、新しいスタッフさん……ですか？」

新しい……と訊くからには、この館内で働く面々を知っている人物と判断し、「はい、新しいです」と返答したら、きょとんとされた。なにか返答を誤ったらしい。

慌てることなく背筋を伸ばし、竹垣に教わった『困ったときの逃げ口上』を暗唱する。

「私は日本語を勉強中の帰国子女です。大学の許可を得て来日し、ボランティアスタッフに従事しています」

「帰国子女？　日本語うまいですね。ていうか、日本人にしか見えないっていうか……」

褒めてくれたから、この答えは正解らしい。吾と似ているのは外見だけで、話し方は控えめでおとなしい印象だ。

ありがとうございますと礼を言い、ちらりと背後の……明るくなった上映ドーム内を窺うと、客席のひとつひとつを確認して周っていた竹垣が、操作盤の前に戻っていた。最終上映回の準備に取りかかるらしい。

初回の上映から二回目の上映、二回目から三回目の際も、客席に忘れ物がないかを確認してから、いまのようにすぐ準備に入っていた。竹垣の勤勉さには感心する。

扉が開いていることに気づいた竹垣が、輝夜にむかって「閉めて」と合図する。開場時間までの間に、客が入らないようにするためだ。今日一日で学ぶことが多すぎて頭が破裂しそうだが、いまのところは持ちこたえている。

　輝夜は客を通路へ誘導して扉を閉め、改めて彼と向きあった。視線は斜め少し上。輝夜の二倍ほど横に太く、やや背が高い。ということは館長よりやや背が低く、三鷹より顔半分ほど低く、竹垣より頭ひとつ分ほど低い。……輝夜が一番低いことに変わりはない。

「最終上映回のタイトルが、去年観たヤツと被ってるから、どうだっけと思って……」

　癖のある語尾を操る客だが、話の内容は理解できた。はい、と頷き、館長が持たせてくれたファイルを開き「次回が本日の最終上映です。題名は、月からの伝言です」と指で示す……が、題名の下には簡単な筋しか書かれていない。

　わからないときはスタッフに訊けと竹垣から言われている。だから輝夜は「私では、わかりかねます。スタッフに訊いてまいります」と身を返そうとしたのだが。

「最後に夜空の満月が太陽に変わって、ひまわりが映しだされて終わるやつで……」

　一昨日輝夜がこの空間に落下したとき目にした栄蔵は、煌々と輝く満月で終了した。これなら竹垣に訊かずとも、自信を持って答えられる。

「それでしたら、お客様のお問い合わせとは異なる栄蔵でございます」

「あ、やっぱり？　俺が観たのは月からのメッセージっていうタイトルで、でももしかしたら表題だけ変えたのかなと思って、気になって……」

客の頬が赤く染まった。頬に少しだけ生じている若さの証……吹き出物のせいかもしれない。輝夜はひとつも出来たことはないが。

そんなことより、月を見たがる若者の存在が素直に嬉しく、「じつは私も、月が好きなのです。月を見ると、明日も頑張ろうという気持ちにさせられるのです」と思いを述べると、「俺もです!」と若者が声を弾ませた。

「じつは俺、月に助けられたっていうか……ここで観た『月からのメッセージ』の内容に救われたというか……」

若者が恥ずかしそうに前髪を指で梳いた……のか、引っぱったのか。

「じつは俺、大学受験に……二回失敗したんです」

なにやら自分を過小評価するような、自虐的な口ぶりだが、だいがくじゅけんの意味がわからない。それでも彼にとっては大変なことを失敗したのだと理解して、「ふむふむ、それで?」と訊き返した。

「で、いま予備校生やってて、そしたら今年、高校時代の同級生だったやつが講師のバイトで入ってきて……俺と一緒に高校卒業したやつが、なんで俺の先生なんだよって、すげーダメージ食らって」

自分と同等だった者が、自分の先生になったということか。稚球の男たちであれば自尊心を傷つけられたと憤り、果たし合いを挑む案件だ。「ふむふむ、それで?」と輝夜は心から同情した。

「そいつは大学で彼女もできて、サークルもめっちゃ楽しそうで……。俺の人生だけが真っ暗闇だって、予備校の帰り道に涙が出てきて、ふと夜空を見あげたら……」

「見あげたら？」

「雲ひとつない夜空に、ぽかーって、満月が浮いてて」

「………うむ、満月」

同朋に先を越され、勝負を挑む気概もなく打ちひしがれ、真っ暗な夜道をひとり歩く若者の姿を想像するだけで胸が詰まる。輝夜は両拳(りょうこぶし)を胸の前で組みながら耳を傾けた。

「そのときに、昨年ここで観た『月からのメッセージ』を思いだして。……月は、月のみでは輝けません。太陽に照らされて初めて、あなたと見つめあえるのです。ときには夜空を見あげてください。あなたが月に会いたいとき、月はいつもそこにいます。あなたの笑顔を照らす日を、ずっと待っているのです……っていうナレーションが心に響いて」

「それは、とてもよい言葉です。いま、私の心にも響きました」

「ですよね、すごくいいナレーションですよね。あれ、ここの投映スタッフがシーンに合わせて作ってるんですよね。たしか竹垣さんって人。だから俺、ここのファンで……」

暗唱できるほど通いましたと、若者が鼻の下を手で擦りながら照れ笑いを浮かべる。輝夜もつられて笑顔になる。いまの言葉を翻訳するに、竹垣が栄蔵のために書いた文が、この若者を励ましたのだ。

「竹垣は、私の従兄です」

訊ねられたわけではないが、関係性を明らかにするほうが理解も早く、近しくなれると判断したのだ。それに、若者ばかりに胸の内を語らせるのは忍びない。

まじすか？　と若者が目を見開く。きらきらと音がしそうなほどの輝きだ。立ち話をしているうちに、どんどん表情が明るさを増す。まるで新月が二日月へ、三日月へ、上弦から十日夜（とおかんや）へ、十三夜へと、徐々に変化するように。

「従兄さん、すごいっすね」

「そう、竹……智登世は、なかなかに優れた従兄であります」

微笑むと、ますます若者が笑み崩れる。いい笑顔だ。月で例えるなら待宵月（まつよいづき）か。

「あのナレーションで、なんか……月と俺って似てるっていうか、同志みたいに思えて、ちょっと心が軽くなって」

「心より賛同します。月は私たちの同志です」

思わず若者の手を取ると、背中の麻袋がバタバタ動いた。慌てて若者から手を離し、宇佐吟の両脚をつかんで揺れを止めると……。

「あの、俺、二藤（にとう）っていいます」

「はい？」

「名前。漢数字の二に藤で、二藤です」

おお、と輝夜は二度ほど頷いた。他の客は身分を明かさず去ってゆくのに、わざわざ名乗ってくれるとは。ここは自分も見習わねばと背筋を伸ばす。

「私は輝く夜と書いて、輝夜と申します。以後、お見知りおきを」

宇佐吟の両脚をつかんだまま深々と一礼し、上体を起こしたとき。

さきほどまでの、自身を卑下する気配が薄らいだ代わりに、心弾む気配が二藤を包んでいた。前髪に隠れていた細い目も、いまは太陽に照らされて輝く三日月のようだ。

「俺、今日はこのあと予備校だから無理だけど。その……最終上映の、俺がまだ観ていないやつ、また観にきます」

満面の笑みで言われると、輝夜の心もぴょんぴょん跳ねる。言葉尻の迷いや暈かしも消え、言い切り口調に変わったことは喜ばしい。若者とは、さもありなん。

「ちなみに輝夜さんは、いつまでボランティアスタッフとして、その……勤務期間とか」

「ここが潰れる今月末までです」

さきほど竹垣が三鷹に返した言葉を引用すると、「スタッフの口から潰れるって聞くと、結構ショック……」と二藤が複雑な表情で項垂れた。

浮上しやすく沈みやすい二藤は、まさに満ちては欠ける月のごとし。

「二藤どのに言われたのだ。今度、休憩ルームデコーラでも、と」

二藤さんもしくは二藤くん、と訂正され、二藤くん、と復唱する。オーケー、もう間違えない。

「それで彼には、なんて返したんだ？」

「オーケーと返した。ところで、休憩ルームデコーラとは何者だ？」

客席の忘れ物を確認して周っていた竹垣が、ガタガタッと足を踏み外した……が、なにせ竹垣は背が高いゆえ足も長い。二段ほど踏み外しても転ぶことなく、すぐさま体勢を整えたのは見事だ。

竹垣は受け止め方も上手だが、人を感動させる台詞(せりふ)の創作にも長けており、そのうえ身体能力も高い。それを竹垣に伝えれば「普通だよ」と返すだろうが、これが普通だとしたら、この星の男たちはみな優秀だ。

「そうか、知らずに承諾したのか」

「よくないか？　私は、またなにか間違えたのか？」

「いや、間違えてないよ。休憩ルームは昼メシを食べた場所。コーラは飲物の名称」

端的に説明してくれた竹垣が、続いて二藤の会話を翻訳する。

「ふたりでゆっくりお話をしませんか？　という誘いだ」

それがどういうことを指すのか想像を膨らませ、もしや……と声を落とす。

「外見は吾に似ておった。内面はまったく違うが。二藤くんも求婚者候補であろうか」

「かもしれないな。まぁ、ディナーに比べればずいぶん気楽だ。休憩ルームなら俺や館長も立ち寄るし、警戒する必要はない」

「では、オーケーしたのは正解か？」

竹垣の横に立って操作盤を覗きながら訊くと、親指をピッと立てて頷き、「同い年のようだし、案外気が合うんじゃないか？」と片目を瞑られ、輝夜はその場で飛び跳ねた。常識や価値の異なる世界で、自分の頭で考えたことが正解だと、単純に嬉しい。

「それにあの子……二藤くん。思いだしたよ。去年の夏から秋にかけて、よく見かけた。つらい時期に通ってくれていたのか。ここが彼の居場所になれて、よかった」

そう語る竹垣の表情は誇らしげだ。竹垣は物腰も話し方も穏やかだが、言葉には信念も覗える。自分の仕事に誇りを持てるのは、よいことだ。

「智登世に感謝していたぞ。栄蔵の台詞に勇気をもらった、と」

ははは、と笑ったあと、なぜ智登世？　と呼び方の変化の理由を訊ねられ、「仮にも従兄弟同士なら、苗字で呼ぶのは変だ」と私見を述べた。

それもそうだと智登世が頷き、「だったら俺も、輝夜って呼ぶよ。そのほうがバランス……っと、釣り合いが取れるだろ？」と笑うから、オーケーと親指を立てて賛同した。

「二藤くんは、心の丈を吐きだす相手が欲しかったのかもしれないな。親でも同級生でもなく、趣味の話ができる誰かを」

「かもしれぬ。私に話しかけたときと帰るときでは、新月と満月ほどの違いがあった。いや、それは大袈裟か。三日月と満月だな」

　なににせよ笑顔で帰っていったと報告すると、「優秀なスタッフだ」と褒められて、輝夜の心も満月になる。子を成す特異体質以外で人の役に立てたことが、素直に嬉しい。

　ちなみに宇佐吟はといえば、扉を閉めて三人だけになると同時に麻袋から這いだし、兎跳びで周囲を軽く一周してから、手近な客席に腰かけて休憩している。

「お疲れ様」という労いの言葉と同時に智登世から譲り受けた、ブリックパックの乳酸菌飲料とやらに細長い筒を挿し、無心に吸っている。よほど気に入ったようだ。

「それにしても、輝夜はすごいな」

「なにがだ？」

「物事の呑みこみが早くて驚かされる。それでなくても環境が変わって、戸惑うことが多いだろうに、臨機応変に対応してくれるから助かるよ。今日は正直、輝夜の世話で忙しくなると覚悟していたけど……」

「けど？」

「開場時の誘導も、終演後の送り出しも完璧だ。輝夜に任せて正解だった」

ポンポンが来る！　と条件反射で頭を差しだすが……来なかった。いま智登世の両手は信号色の光を消したり、差し込み口から線を引き抜いたりする作業で忙しい。残念。

それでも輝夜は智登世の傍らで、褒められる機会を待ちながら話しかける。

「なぜそれが必要なのか、智登世が理由を添えて教えてくれるから、覚えやすいのだ」

「嬉しいことを言ってくれる」

微笑んだ智登世が操作盤から手を離し、「明日の準備、完了」と業務終了を告げた。いまだ！　と頭を差しだしてせがむと、いつもより多めにポンポンしてくれた。

だから輝夜は思うのだ。「明日のボランティアスタッフも頑張ろう」と。

そして、ふと気づく。

こうも純粋に「明日が楽しみだ」などと思ったことが、近年あっただろうかと。


その日の夕餉は味噌汁と白米と、ハンバーグなる名称のおかずだ。

「なんと香しき夕餉じゃ……」

「久々に炊飯器を使ったよ。はい、デミグラスソースのハンバーグ」

「おお……！」

輝夜と宇佐吟は、竹垣が盛りつけたそれらをテーブルに運び、急いでソファに正座した。

お茶のペットボトルとコップを持ってきた智登世も、正面の座布団に腰を下ろす。

「これは、昨日の買いだしの際に手に入れたチルドのハンバーグとやらか？」

「ああ。レンジで温めるだけで食える」

「レンジとやらは働き者だな。智登世と電気とガスと水道に次ぐ活躍ぶりだ」

智登世が目を丸くし、「俺までライフラインの仲間入りか」と肩を揺らすが、蛇口を捻れば水が出る水道は画期的だし、火をおこさずとも湯が沸くガスは奇術のようだし、スイッチとやらを押すだけで部屋が明るくも暗くもなる電気は革新的だ。そして、それを扱える智登世がすごい。

「百均という店で買い求めたこの食器も、とてもよいな」

稚球の食器とは異なり、跳ね兎の絵が入った丸い大皿だ。見ているだけで心も弾む。ハンバーグに添えてあるのは、炒めた毛也之と……黄色くて丸いもの。

「……ハンバーグは新月、そしてこちらの黄色いのは、雲間の満月にございますな」

毛也之が薄に見えまする……と、宇佐吟が零す。本当じゃ……と輝夜も返す。

「これは薄と満月じゃ。稚球から見あげる故郷の風景に酷似しておる」

ぼそっと零すと、智登世がギョッと目を剝いた。

「悪い。ホームシックを煽るつもりはなかったんだ」

「ホームシックとは？」

「故郷を恋しがる気持ちのこと。目玉焼きを載せたのは余分だったか」

目玉焼き！　と輝夜は思わず悲鳴をあげ、ソファの隅に飛び退いた。「目玉を食うのか！」と宇佐吟と抱きあってブルブル震えると、違う違うと智登世が笑う。

笑いごとではなかろう！　と半泣きで抗議すると、「目に似ているからそう呼ぶだけで、これは鶏の卵だよ。名称が気になるなら、サニーサイドアップと呼ぼう」と訂正され、ますます輝夜は震えあがった。

「鶏の卵を食べるとは、殺生な！」

「祟り（たた）が起きますするっ！」

ふたりがかりで抗議すると、智登世が不思議そうな顔をした。そしてスマホとやらを手にとって、卵、平安時代……と言いながら操作する。わからないことは、なんでもあれで調べられるというのだから驚きだ。あの機械は、ぜひとも月へ持って帰りたい。

「……あ、ほんとだ。平安時代では、卵を食べると悪いことが起きると言われていたって書いてある。へぇ」

知らなかったと頷きながら、「でも美味いからご飯に載せて、しょうゆをかけて食ってみろよ。こんなふうに」と、率先して竹垣が大きな口を開け、頬張る。

「うん、美味い！　半熟卵とご飯は、やっぱり最高の組合せだ。たまには料理もいいな。まぁ料理ってほどでもないけど」

サニーサイドアップは、あっという間に智登世の口の中へ消えていった。あまりにも美味しそうな顔をするし、なによりさきほどから、デミグラスソースや毛也之炒めの油分の香りに触発され、空腹の極みに立たされている。

勇気を出し、サニーサイドアップを箸で持ちあげ、白米の上に載せる。

「表面の薄皮を箸の先でつついて孔を開けて、そこにしょうゆを数滴垂らして……そうそう。それでご飯と一緒にガッと口に入れるんだ。美味いぞ」

「うう……っ」

白身の部分は固まっているが、ふにゃふにゃした黄身の部分が気味悪い。……断っておくが掛詞（かけことば）ではない。

「口に入れたとたんに災いが降り注ぐやもしれませぬ。お気をつけ召されよ！」

震える宇佐吟に向かってひとつ頷き、とろりとした黄身の部分が下へ垂れてしまう前に意を決し、ぱくり！　と。

「んん――――っ！」

「どどどうされました、輝夜どのっ！」

「うむ！　うむむ、うむっ！」

いま、輝夜の世界がサニーサイドアップ色に発光した。口の中から力と勇気が迸（ほとばし）る！

目を真ん丸に見開いたまま、輝夜は何度も瞬いた。

「大丈夫でございますか、輝夜どの！」

「うむ！」

この感動を伝えたいが、あいにく口の中は満杯で言葉が紡げない。

急いで咀嚼し、半熟卵としょうゆと白米が生みだす味わいに身を委ねつつ、ゆっくりと体内へ送り込む。白米と絡む黄身の、なんという滑らかさ。なんという奥深さ。

ほう……と感嘆し、「わかったぞ」と確信をこめて言う。

「卵が悪とされる所以に合点がいったぞ。これほどの味覚を舌が覚えてしまえば、他のなにも口にできなくなるからだ。殺生だの不吉だと偽の入れ知恵を施して、民を卵から遠ざけた者こそ、真の悪だ」

「落ちつけ輝夜。そうじゃなくて、衛生面の事情らしいぞ」

「きっとこの至高のなによりも、これらを食べたいま現在が至福の極みだ」

「あと、卵は生き物じゃないから、殺生という概念から外れたらしい。だから……」

「ああ美味い！　私はサニーサイドアップが気に入った！」

「……俺の話、聞いてないな？」

輝夜に触発されたか、警戒していたはずの宇佐吟もサニーサイドアップを慎重な手つきで白米に載せ、「しょうゆを垂らせ」と智登世に向かって茶碗を突きだす。肩を震わせて従う智登世に「なにが可笑しい！」と文句を言いつつも、ぱくり。

「むおおおお……っ！」

宇佐吟が鼻の穴を膨らませ、ピンと立てた両耳を震わせ、全身で喜びを表現する。

「卵とは、サニーサイドアップとは、かくも美味なる食べ物でございまするか！」

「だろう？　宇佐吟も、そう思うであろう？」

「だっ、騙されてはなりませぬ！　かような美味で我らを惑わせ、月への帰還を阻む手筈やもしれませせぬぞ！」

「……そんなことする理由も意味もないし」

苦笑する智登世と、夢中で口を動かしている宇佐吟とを交互に眺め、輝夜はくすくす笑いながら茶碗を空にした。

「ご飯のお代わり、まだあるよ」と智登世が促してくれるから、いそいそと腰をあげ、茶碗を持って宇佐吟とともに炊飯器の前に立ち、蓋を開ける。もわぁっと白い湯気が立ち、目を閉じて香りを吸いこんでから、しゃもじで山のように盛る。

「次は新月に挑戦じゃ」とわくわくしながらソファへ戻り、デミグラスソースのハンバーグと毛也之炒めを白米に載せ、口いっぱいに頬張った。

「ふおおおお……っ！」

「これはまた、力強い味でございまするな！」

サニーサイドアップに勝るとも劣らぬ幸せが口内を満たす。嚙めば嚙むほど口の中でじゅわり……と油分が広がり、「んふふふふ」と奇妙な笑みが零れる。
「口の中で、笙の音が鳴り響いておる」
「食の雅楽でございますなぁ」
「要するに、絶妙のハーモニーってことか」
三者三様の感想を述べ、ともに打つのは舌鼓。

稚球へ遣わされてから二年ほどは、心優しい養父母のもとで、平穏な日々を送っていた輝夜だった。

だが十二歳になるころには、噂を聞きつけた殿方からの接見が相次いだ。噂の内訳は「月からやってきた殿組派生」であり、「稀に見る美貌」であり、「稚球の繁殖力を月へ持ち帰るためにやってきた」という三点だ。

養父母の粗末な東屋（あずまや）の前には、求婚者が列を成した。貢ぎ物を献上しては、競って東屋を改装した。吹けば飛ぶようだった東屋は、たちまち立派な屋敷になった。

帝のひと声で貴族階級を与えられた養父母は、それでも決して謙虚さを失うことなく山へ芝刈りに行き、川へ洗濯に向かった。輝夜も日常的に養父母の手伝いをしていたのだが、無法者に襲われかけ、以降は帝の兵たちに守られるようにして、屋敷の奥で静かに暮らした。

ひっきりなしに届くのは、求婚者たちからの文。そのつど返事をしたためるが、また届くから、また綴る。尽きない貢ぎ物に、尽きない返礼。養父母を手伝う時間すら、いつしか確保できなくなった。

すべては月族を救うため。強い繁殖力を持つ稚球の殿方の子を宿すため。たくさん産んで、月を栄えさせるため。相思相愛の殿方と巡り会うまでの布石と信じ、課せられた天命であると自身を鼓舞し、二十歳の誕生日前夜まで耐え続けたが……。

――稚球から地球へ飛ばされて、輝夜の日常は激変した。

智登世を基軸にして一日を語ると、こうだ。

起床は朝八時。起きたらまず厠へ行き（輝夜と宇佐吟もあとに続く）、顔を洗い（輝夜と宇佐吟もあとに続く）、湯を沸かす（輝夜は髪を梳いて結う）。

そして智登世はコーヒーという薫り高い飲物を、輝夜と宇佐吟は乳酸菌飲料の原液を、水で希釈して飲む。この甘酸っぱさが、なかなか癖になる。

続いて智登世は制服に着替え、輝夜はオーバーオールにスタッフジャンパー、ナップザック姿で出勤だ。全員朝食は飲物だけ。そもそも輝夜と宇佐吟が暮らしていた稚球では、誰もが一日二食だった。智登世は、朝は一分でも長く眠っていたいという事情らしい。

そして智登世は勤務先へ向かう途中の車内で、黄色い箱に入った「バランス栄養食」とやらをひと袋食べる。輝夜も半分もらったが、もそもそとして、飲物なしには食べ進められなかったが、それだけで充分腹が膨れ、不思議と体も整う気がした。

八時五十分ごろに、西東京プラネタリウムに到着。最初に全館を歩いて周り、安全を確認する。続いて一日の流れをスタッフ間で打ち合わせ、それぞれの持ち場へ移動する。

ドームでの上映回数は、午前三回午後二回の、計五回。昼食や休憩は、三回目と四回目の合間に摂る。近くのスーパーへ走って弁当を買い、西東京プラネタリウムの休憩ルームで腹を満たすのだ。

五十人収容の休憩ルームは、窓が多く、とても明るい。たくさんの机と椅子が整列しており、壁際には自動販売機が五台もある。飲物や菓子は、この自販機で調達する。

ちなみに智登世の昼食は、いまのところ連日カツカレーだ。輝夜は日替わり弁当で、今日は甘酸っぱい野菜や肉団子、炒飯（チャーハン）とやらを腹に収めた。宇佐吟は輝夜の膝に座り、ナップザックを頭から被って済ませるため弁当を広げるわけにはいかず、ちゅーちゅー吸いあげるゼリー飲料や、ときには揚げ春巻きを囓（かじ）っている。

この星の食べ物はどれも美味しいから、食欲が湧きすぎて困る。

そういえば予備校生の二藤とも、二度ほど休憩時間をともに過ごした。コーラとやらを初めて口にしたときは目を白黒させてしまい、二藤にいたく心配された。それ以来、食事中は濃くない緑茶、休憩中の水分補給は乳酸菌飲料一択だ。

二藤は心優しい若者だが、ときめきは、まだ訪れない。話せば話すほど求婚者候補対象の意識が薄れ、ただただ楽しく、月についての雑談を弾ませている。一度だけ大学名を訊かれたが、詳しくは言えないと返したら、それ以上は訊かずにいてくれた。

そんな長閑な休憩のあとは、再び館内を見て回る。そして最終上映が終われば閉館直前まで二階のラボを手伝う。ラボというのは実験や工作の空間だ。

輝夜は客と一緒になって、来客参加型の実験を楽しむ。透明な箱の中で発生する小さな竜巻に歓声をあげたり、無重力体験の列に並ぶ子どもたちにプラネタリウム特製の「月の満ち欠けカレンダーカード」を配ったりして過ごす。

智登世や他のスタッフを見習いながら動くのは、緊張するが、なかなか楽しい。

「おねーさんが、おんぶしてるのは、お月さまのウサちゃん?」

可愛い女の子に訊かれ「そうですよ」と笑って返す。そのたびにナップザックの中の宇佐吟が足でちょいちょいと輝夜をつつき、「お姉さんではなく、お兄さんですぞ」とヒソヒソ声で訂正を促すのが可笑しい。

そして午後五時半に音楽が鳴り、閉館を告げる女性の声が館内に響くと、それまでラボで楽しく過ごしていた客が、一斉に出入口へ向かう。

ときには「むじゅーりょく、もういっかい!」と泣きだす幼児もいて、そんなとき輝夜はナップザックを前にして宇佐吟の両手をつかみ、「またね」と振ってみせるのだ。

するると母親が「うさちゃんにバイバイは？」と幼児を促し、幼児が宇佐吟に手を振って……可愛い笑顔を取り戻して帰ってゆく。でもたまに、輝夜が手を下ろしても宇佐吟が手を振り続けていることがあるから要注意だ。そこは呼吸を合わせないと。

最後は正面出入口を施錠して、外に向けて「閉館」の立て札を置き、全館を一周しながら各所を施錠して、事務所へ戻る。

館長に業務終了を告げ、報告書とやらを書いて館長に提出して退館、帰宅となる。

そして夕食、風呂、就寝……で、この世界の一日が終わる。「単調な毎日だろ？」と智登世は苦笑するのだが……。

二十歳の誕生日には伴侶を決め、子を成す——それだけを生きる理由としている輝夜には、なにもかもが眩しく、羨ましく、夢のように感じられるのだった。

月の満ち欠けカレンダーカードによれば、明後日は新月だ。ここへ来た夜は満月だったから、地球での暮らしもそろそろ折り返しか。……早すぎる。

「カレンダーとは、便利なものよのぅ」

館内の『ご自由にお持ちください』と書かれた陳列棚に、月の満ち欠けカレンダーカードを補充して周っていたら、「輝夜くん」と呼び止められた。

足を止めて振り向けば、なんと三鷹だ。「ひとり目の求婚者候補」と一方的に決めつけていた人物だ。

勤務初日にディナーに誘われて以来、館内で顔を合わせることはあっても、二藤のように……例えばふたりでお茶を飲んでは趣味の話で盛りあがる、というような発展がなかったため、求婚者候補から自然に除外していた。

上下同色、同素材の三鷹の衣装を「あれも制服なのか？」と、前に智登世に問うたことがある。「あれは私服。スーツだよ」と返されたから、今日のあれもスーツだ。三鷹はスーツがよく似合う。

涼しげなスーツに身を包んだ三鷹が、「おはよう」と明るく片手を上げる。

「相変わらず元気だね、輝夜くん。仕事は、もう慣れた？」

「はい、元気です。仕事にも慣れました。三鷹さんもお元気そうで、なによりです」

左手は補充用のカード、右手は宇佐吟の右脚をつかんで、ぺこりとお辞儀。ははは、と三鷹が声を立てる。

「相変わらず、ぬいぐるみを背負って仕事してるのか」

「はい。この兎は一族に代々伝わる……とても大切なぬいぐるみですので、肌身離さず持ち歩いております」

「ユニークでいいね。個性的な子は大好きだ」

は、と輝夜は目を見開いた。いま、大好きと——言ったのか？

「そういうの、好きだよ」

また言われたが……好きというのは、あれか？

自分はいま、愛の告白をされたのか？

あまりにも自然な口調だから、返答の機会を逃してしまった。

背後の宇佐吟も、輝夜だけに聞こえる声で「いまのは愛の告白でございまするか？」と訊いてくるが、地球ではこんなにも簡単に「好き」だと相手に告げるのだろうか。

輝夜の暮らした月や稚球では、直接的な言葉はほとんど使わない。恋心は雨音や鳥の囀り、咲く花や散る花などに喩え、慎ましやかに伝えるものだが……。

こうも明確に「好き」と言われた経験がないため、なにやらとても顔が熱い。その言葉を思い浮かべるだけで恥じらいが増し、胸が高鳴る。

「世の人は、これをや恋と云ふらむか……」

戸惑いながらも歌で返そうと試みるが、どうやら三鷹はせっかちなようで、最後まで聞かずに自分の話を始めてしまう。

「春と秋は不動産売買の繁忙期でね。まとまった時間が取れずにいたが、やっと時間を作れそうだ。だから、連絡先を交換しよう」

　これは、ときめきだろうか。それとも積極性に驚いただけの、心の乱れだろうか。そして、連絡先を交換しよう……の頭についた「だから」は、「従って」と同義だと思われるが、どの事柄にかかる言葉なのか、解釈が難しい。

　ひとまず、理解できる範囲で返してみた。

「連絡先……は、ございません」

「……ない？」

「はい。私は智登世の家に厄介になっている身です。私個人で交換できるものは、なにも持ち合わせておりません。文をしたためて、お渡しすることくらいしか……」

「文って手紙？　そうじゃなくて、きみのアドレスだよ。まさかスマホを持ってないわけは……え？　ないの？　本当に？　……あ、もしかして口実？　僕を避けてる？」

　哀しいね、と言いながら、少しも哀しそうな顔ではない。自分を避ける者などいないと確信している顔つきだ。これは……あれだ。麻呂と同じで自己愛が強いのだ。

　だがスマホを所有していないのは、そんなにも驚くことなのだろうか。言われてみれば智登世も持っているし、多くの来客も、ことあるごとにスマホを見つめている。

　誤解されるのは不本意だ。「避けてなどおりません」と、輝夜はまっすぐに三鷹の目を見た。すると三鷹が「遠回しに断られたのかと思ったよ」と、ニコリと笑った。

「じゃあ、オーケーだね。よかった」

頷かれ、輝夜も笑顔で頷いた。誤解が解けたことがオーケー……で、正解だろうか？

「肉？　魚？　イタリアン、エスニック？」

理解できたのは前半だけだったため、「魚は、よく養父が釣りに連れていってくれました」と返した。だが、どうしてそんなことを訊くのだろう。

「魚だね。明日の夜は？」

「明日の夜……でございますか？」

「出かける予定、ある？」

仕事のあとは智登世の部屋で夕餉と風呂、そして就寝だから出かけはしない。よって、答えは「いいえ」だ。黙って首を横に振ると、また三鷹が「オーケー」と言うから、輝夜も「オーケー」と呼応する。なんだろう、この……自分の意志とは無関係に流されてゆく、笹船のような心許なさは。

「じゃあ明日、閉館時刻に迎えにくるよ」

迎えにくると言われても、来てもらったあと、どうするのだろう。

輝夜がぼんやりしている間に、三鷹がスマホを操作する。そして「江戸前鮨店、予約したよ」と片目を瞑り、「じゃ、明日」と軽く手を上げ、去っていった。

エドマエズシテンとは、はてさて。首を捻っても、あとの祭り。

「疲れたのか？　輝夜」

ハンドルを握る智登世に訊かれ、「なぜ、そう思うのだ？」と首を傾げた。

「いや、なんか……元気がないから」

「故郷が恋しいのでございまする。月へ帰れば、すぐに元気になりまする」

口を挟んだのは宇佐吟だ。「そうだよな、ここは、ふたりにとっては異世界だもんな」と智登世に納得されてしまい、「助手席から外を眺めるのが好きなのだ。車は楽しい」と、口数の少ない理由を後付けした。

それならよかったと、智登世がハンドルを握り直す。

本当は、三鷹との立ち話で一気に疲れてしまったのだ。わからない言葉がたくさんあったのに、曖昧に済ませてしまった後悔が憂鬱を生み、心が沈んだ。

宇佐吟から「あれはデートとやらのお誘いではござらぬか？」と指摘されて初めて、知らないうちにディナーの申し込みを承諾していたことにも唖然とした。

約束を交わすのは、別に構わないのだ。親密になるほど月への帰還に一歩近づくと思えば、喜ぶべき進展だ。ただ、知らないうちにというのは、褒められたことではない。

「なぁ、智登世」

「ん？　どした？」

「智登世は、私との会話に苦慮しているか？」

「苦慮？　どうして？」

いま信号が、黄色から赤に変わった。青になるまで停車だ。こんなふうに、この世界の仕組みを覚えていくにつれ、いかに智登世が気を配ってくれていたかを実感する。

「智登世との会話には、なんの違和感もない。よって、これまで気づけずにおったが……この世の仕組みを思いのほか早く覚えられる理由は、そのつど智登世が理解しやすい言葉を選び、私が戸惑わずに済むよう配慮してくれていたおかげだと、わかったのだ」

「……それで？」

「それで今日、三鷹さんと話をしたのだが、カタカナ言葉が乱立しており、半分も理解できなかった。この世は私の知らない言葉で溢れていると改めて思い、気が滅入った」

「だから暗い顔をしていたのか」

「……すまぬ」

窓を開け、風を受ける。ふたつに結った髪が馬の尾のように靡き、九月とはいえ残暑は厳しく、空もまだ白々としているが、家につくころには夕焼けが空を染めるだろう。

月への帰還を果たすには、まずは明日、三鷹に気に入られなくては。そして満月までに、麻呂や吾や予の熱量までに育まねば。……でも。

「だが智登世との会話は、少しも疲れないのだ。だから逆に、智登世が疲れているのではないかと思ったのだ。本当はカタカナ言葉で話すほうが楽で、慣れてもいるであろうに、いちいち私のために言葉を置き換え、気を使い……」

ポン、と。

輝夜の頭に、智登世が大きな左手を乗せた。そして優しくポンポンと弾ませる。

心がきゅうぅ……と絞られる。

「俺は少しも疲れてないよ」

「……本当に？」

「俺と輝夜では、ものごとを取り巻く背景や環境や事情が違う。輝夜はカタカナを知らないけど、俺は輝夜の言葉もカタカナもわかる。俺のほうが言葉の選択肢が多いから、お互いの共通語を使って話している。それだけのことだ。なんの不都合も苦労もない」

心配性だなと笑って頭を撫でられて、きゅっと下唇を嚙んだのは、気が抜けて、噴きだしてしまいそうだったから。コロリと機嫌を直した自分が、なにやら愉快だ。

「あ。そういえば朗報がある。仕事だけど、輝夜にも報酬が出るらしいよ」

「報酬とは……褒美のことか？」

「ああ。三鷹さんが館長に進言したらしい。ボランティアとはいえ、金一封くらい出してやれってさ」

「三鷹どの……さんが？」

「やはり三鷹どのは、求婚者候補のひとりでございますな」

ふむ……と輝夜は頷いた。それであればディナーに誘われて「オーケー」と返事をしたのは正しかった。言葉に多少の不安はあるものの、礼には礼を尽くさねば。

稚球でせっせと返礼を書いていたように、ディナーのお礼を考えなくては。

「だからといってはなんだけど、今夜はふたりが大喜びしそうな夕飯にしよう」

なにやら楽しげに予告した智登世が、ハンドルを駆って連れていってくれたのは……進行方向左手で光る、ふたつの黄色い山！

「ハンバーガーショップだ！」

思わず輝夜は声を弾ませた。

「覚えておるぞ！　小麦を練って焼いたものの間に、野菜と肉を……どうにかする、人気の食べ物だろう？」

「そうでしたな。近いうちに食べに行こうと、ここへ来た初日に約束を交わしたのでありましたな。月へ帰る前に、一度は食べねばと思っておりましたぞ」

輝夜のみならず宇佐吟もわくわくと身を乗りだす。

「じゃあ今夜はハンバーガーでオーケー？」

訊かなくても、答えはわかっているだろうに。

それでも輝夜と宇佐吟は、「オーケーッ」と声を揃えた。

車に乗ったままでも買えるけど……と智登世に言われたが、昼間のように明るい店内に入ってみたい好奇心と、美味しそうな香りの正体をいち早く知りたいという欲に駆られ、宇佐吟には再びナップザックに入ってもらった。

車から降り、ナップザックを背負い、宇佐吟に向かって「動かぬように」と釘を刺す。そして鼻の穴を膨らませながら智登世のあとに続き、店内へ足を踏み入れると――。

「こんばんは、いらっしゃいませ！」

店内の照明以上に明るい声が飛んできて、輝夜は何度も瞬きした。まるで太陽を直視したかのように眩しい世界だ。楽しい音も鳴っている。

「こちらまで元気になるような挨拶だ。祭りのような賑わいだな」

手前が客側、高い台で隔てられた奥が店員側のようだ。店員は、みな灰色の半袖の衣装を着用している。この星の人間は、制服で統一感を出すのが好きなのか、個性を隠すことを様式美としているのか、どちらだろう。

店内は縦三列に人々が並んでいる。少なくとも、それぞれ前に三組ずつ立っているところをみると、なかなかの繁盛だ。人が多すぎて、どこを見て歩けばいいのかわからない。

弾き飛ばされないよう、智登世のカバーオールの「カラビナループ」という、鍵やスマホを繋げる部分に、人さし指を引っかけた。気づいた智登世が、「迷子になるなよ？」と目を細める。なんと頼もしい視線だろう。うむ！　と輝夜は元気よく頷いた。

「ハンバーガー、ポテト、ドリンク。主食とつまみと飲物だ。注文は俺に任せてくれ」

「もちろん任せる。私では注文の仕方がわからない。……あ」

どうした？　と智登世に訊かれ、「あれは？」と店員の頭上の絵を指さした。

「あそこに描かれている長細いものも、ハンバーガーか？」

「あれはパイだよ。安納芋パイと、あずき餅パイだ。外側がサクサクして結構美味い」

背中の宇佐吟が、ばたばたと脚を動かした。餅に反応したのだ。

「あずき餅パイが欲しいそうだ。私もそれがよい」

いいよと快諾されて、宇佐吟の足が数回跳ねる。隣に並んだ幼児にジッと見つめられ、とっさに輝夜は宇佐吟の両脚をつかみ、ニコッと笑って誤魔化した。

「いま、うさぎさん、うごいたよ」

「う……動かしたのだ。お兄さんが」

つかんだ両脚をゆらゆらさせて、「このようにな」と説明するが、「おにーさんなの？　おねーさんじゃないの？」と、さらに驚かれてしまった。これ、と叱ったのは母親だ。

その母親が輝夜を盗み見て、ひそひそと子供に耳打ちする。「髪が長いから、女の人だと思っちゃったね」と。少しばかりムッとしたが、「とても綺麗なお兄さんね」と母親が続け、「かわいいねぇ」と子供も賛同してくれたから……たちまち気分は急上昇、最高の笑みで会釈を返した。

さて。長蛇の列に圧倒され、いつ誰が揉めごとを起こしても不思議ではないと思っていたが、いまのところ平穏だ。平穏すぎて驚くほどだ。

俺が先だ、いや私が先だ、早くしろ、もたもたするな——そんなふうに声を荒らげる短気な者は皆無。みな規律正しく穏やかで、気の長さに驚かされる。稚球では男が五人も集まれば、すぐに揉めごとが起きていたのに。

なによりも店員がずっと笑顔で仕事をこなす、その愛想と手際の良さに舌を巻く。月へ連れ帰ったら重宝しそうだ。参謀になること間違いなし。

月を思い浮かべたせいか、とある一点に輝夜の視線が引き寄せられた。

智登世、とカナビラループを引っぱって呼び、「ほら」と頭上の絵を指す。

「月だ。そこに、月が描かれておる。月の中の影は、餅を搗く兎だ」

驚きのままに訴えると、やっと気づいたな？　と智登世が片目を瞑って笑った。

「今日発売の、毎年恒例・季節限定商品。満月バーガーだ」

「満月バーガー……っ」

名を聞いただけで心が跳ねた！「それは一体どういう食べ物だ」と、ぴょんぴょんしながら解説を求める。

「ハンバーグと目玉……っと、サニーサイドアップを、バンズっていう、柔らかいパンで挟んだ人気商品だ。じつはこれを輝夜たちに食わせてやりたかったんだ」

「そうであったか……」

感極まる輝夜の背中で、宇佐吟の足が再び跳ねる。両手でつかみ、「動かしたふり」で誤魔化している間に、智登世の順番が巡ってきた。なにやら緊張で膝が震える。

若い男性店員の第一声は、「大変お待たせしました！」と、非常に爽やかだ。そして笑顔だ。なんと優れた人間性だろう。輝夜は彼につられるようにして微笑みかけた。

「さほど待たされてはおりません。お気に召されますな」

うおっと小声で叫んだ智登世が、とっさに輝夜の口を片手で塞ぐ。そして「あ、悪い」と手を離した。目を丸くしていた店員が輝夜を見おろし、にっこり微笑む。

「そんなふうに言ってもらえると、嬉しいです。ありがとうございます」

丁寧なうえに腰が低く、律義だ。非の打ちどころのなさに感極まって震えていたら、店員が親しげに智登世に話しかけた。

「竹垣さん、いらっしゃい。フィッシュバーガーなら、すぐ出ますよ」

「うん、それは絶対に外せない。さすが一郷くん。よく覚えてるな」

「だって竹垣さん、週一でご来店だし」

「一郷くんだって、月イチでドームに来るし」

わはは、とふたりが笑いあう。なんと、友人だったのか。

満月
バーガー

和やかな雰囲気だ。善人同士、気が合うと見た。だからというわけではないが、ますます店員を好ましく感じる。

「じゃあフィッシュバーガーをふたつと、チキンフィレをひとつ。あずき餅パイをふたつ
と、安納芋パイをひとつ……」

「満月バーガーを忘れておるぞ、智登世」

横から口を挟むと、わかってるよと輝夜の頭に左手を乗せ、「満月バーガーセットをみっつ。ドリンクは、アイスコーヒーとオレンジジュースとカルピスで」と、智登世が淀みなく注文した。慣れているのだろうが、堂々として心強い。膝の震えがやっと止まった。

ご確認お願いしますと店員が言い、注文を繰り返し、そして。

「……彼女っすか？」

小声でつけ足した店員が、輝夜を見る。また女性と間違われてしまったかと思い、「お姉さんではなく、お兄さんです」と先回りしたら、「えっ！」と露骨に驚かれた。

「竹垣さん、そっちでしたか」

「なにが？」

「って、えーと、彼女っつーか、彼氏っつーか……」

違うよ、と智登世が苦笑する。そして輝夜の頭に手を乗せ、代わりに紹介してくれた。

「うちの臨時スタッフの、輝夜だ」

「輝夜です。以後、よろしくお願いします」

「あ、一郷です。こちらこそよろしくお願いします。でも竹垣さんとこって、中高校生のバイトは不可でしたよね？」

「こう見えても二十歳だ」

こう見えても？　と憤慨する輝夜の声と、俺のひとつ下？　と驚愕する一郷の、裏返った声がぶつかった。


鵠（くぐい）が三羽並んだ絵札を持ってワクワク待つこと、その場で足踏み八十八回。

「番号札222番の方、お待たせしましたーっ」

俺たちだ、と智登世が進み出る。跳ねたいのを我慢して、輝夜はうしろをついていく。

注文品を受けとる際も、一郷が丁寧に商品の内容を確認してくれるから、受けとる輝夜も同じくらい丁寧に返した。礼には礼を。それが月族の姿勢であり美学だ。

「待ちかねてはおりましたが、待つ時間も大層面白うございました」

日本語を勉強中なんだ、と智登世が早口で弁解する。言葉遣いが妙だったらしい。だから輝夜も「帰国子女です」と笑顔で補足した。なるほど、と一郷が頷く。

ふたつに分けた袋のひとつは智登世に渡され、もうひとつは輝夜に手渡され……。

「これ、あとで見て」――――と。

輝夜側の袋の中に、小さな紙が差しこまれた。

「一郷くんは、あの店のバイトチーフだ。うちのプラネタリウムでいうと、チケット窓口の派遣さん。社員を除けば一番偉い人だよ。……一郷くんの名刺もらったのか？」

「よくわからぬが、市松模様に似た四角い紋様が書いてある」

どれどれ……と智登世が輝夜の手元を覗きこみ、「お」と声を漏らしてから、少し眉を寄せた。どうやらこの紋様は、好ましいものではなさそうだ。

「QRコードか。店舗じゃなくて一郷くんのアカウントか？　アカウントというのは、個人を認証する情報のことで、これをスマホで読み取れば、連絡先を取得できて……」

説明しながら智登世がスマホをそこに翳し、「インスタだ」と眉間のシワを濃くする。

「またスマホか？　私はスマホを持っておらぬ。どうすればよいのだ」

「代わりに俺が登録するのも変だし……じゃなくて、こんなカードを勤務中に携帯して、客に渡してるのか、あいつ」

智登世の口調が少し変わった。こういう顔をどこかで見たことがある……と首を傾げ、思いだした。養父母だ。輝夜を心配するときの顔つきだ。

ということは、智登世は輝夜を心配してくれているのだろうか。親のように。

心配をかけたのは申し訳ないが、心配されるのは嫌ではない……と思ってしまう。やがて月へ帰る他人を、本気で案じてくれる点については嬉しく思う。思うのだが……。

「客と個人的に接点を持とうとするのは、褒められたことじゃない」

そうなのか？　と目を瞬くと、そうだよ、と困惑された。だが輝夜には理由がわからない。殿方から好意を示されることは、殿組派生の輝夜にとっては喜ばしいことだ。

「個人的に仲良くなろうとすることの、なにが問題なのだ？　智登世と一郷くんと仲がいいではないか」

年上だから「さん」のほうがいいかなと指摘され、「一郷さん」と言い直す。

「俺は常連だから。会ったばかりの輝夜に連絡先を渡すのとは少し違う。それに一郷くんは勤務中で、こっちは客の立場だ。通常、そういう行為は職務規程に違反して……」

「勤務中に、店員と客が仲よくしてはいけないのか？　一郷さんは、素晴らしい笑顔で歓迎してくれた。私は一郷さんに好感を持ったぞ？」

「いや、店員の笑顔は、あの店の制服のようなものだから」

「商いをする者の鑑(かがみ)ではないか。あれほどのもてなしであれば、次も一郷さんから買いたいと思う。優秀なハンバーガー売りではないか」

説明が難しい……と頭を抱える智登世に向かって、発言したのは宇佐吟だ。

「三人目の求婚者候補かもしれませぬぞ」

宇佐吟の目がキラリと光る。言われてみればあの積極性は、予に共通する。

そういうこと？　と智登世ひとりが顎を引き、「だったら少しようすを見るか」と、しぶしぶ妥協した。見えない力に影響されて、あんな行動に出たのかもしれないな……と。

もしも一郷が三人目なら、役者が揃ったことになる。あとは三人それぞれと文の交換に勤しまねばと、次なる目標が明確になる。

「なかなか順調ではないか。のう、宇佐吟」

「余裕で月へ帰還できますな、輝夜どの」

「うむ。連絡先を譲り受けたのだから、私も同等のものを一郷さんに返さねば。互いを思う心とは、そうして育まれてゆくものだ」

「返すか返さないかの前に、どういう意図で連絡先を渡したのか、そこは明確にしたほうがいい。単に店の宣伝だけかもしれないし……」

「それであれば、また一郷どのに会うために、あの店へ行けばよいのでございまする。いま我々が優先すべきは押し問答ではなく、目の前で香しい匂いを放っているご馳走を、温かいうちに腹へ収めることでございまするぞ！」

ビシッと宇佐吟が言い放つ。仰るとおりだが、早くハンバーガーを食べたいだけのような気がしないでもない。

なにせ宇佐吟は智登世の部屋に到着するやいなや、椅子を台にし、茶やら皿やらをてきぱきと用意し、あっという間に食事の態勢を調えてしまった。戦利品をずらりとテーブルに並べ、鼻をひくひく動かして正座しているのだ。もはや待ちきれないのだろう。

「輝夜どのも竹垣どのも、悩みは明日に持ち越しですぞ。早くせねば冷めてしまう」

さぁさぁ早うと急きたてられ、輝夜も智登世も急いで手を洗い、定位置につく。

「じゃあ近いうちに、また行こう」

「それがよい。では、いただくとしよう」

「いただくでございまする」

一斉にハンバーガーへと手を伸ばし、智登世を真似て、包み紙を半分ほど捲（まく）る。そして全員が顔を見合わせ、「いざ！」と気合いを入れて食らいつく。

うまいっ！　と同時に弾んだ明るい声は、月で跳ねる兎のごとし。


「満月ハンバーガーは、味も形も、まさしく満月でございましたな」

「中に挟まれていたサニーサイドアップも、満月じゃ」

「ハンバーグは、さながら新月でございますな」

「ハンバーグではなく、パティと呼ぶそうじゃ。この世界は新しい言葉で満ちておる」

「おお、パティ。そうでしたな。日に日に語彙が増えますなぁ」

宇佐吟とソファに寝転がり、輝夜は窓の外へ視線を投じた。タオルケットを腹にかけ、網戸越しに見る夜空は、輝夜の知っている夜とは随分異なる。

輝夜が知っている夜空は、空に砂を撒いたかと思うほどたくさんの星が輝いているし、どこまでも吸いこまれそうなほど夜の色が濃かった。だから月も眩しかった。

この地球から望む夜空は、全体的に色褪せている。地上が明るいからだろうが、浮かぶ月も小さくて、使い古した毬のように朧気だ。月族が繁栄する月は、本当に実在するのだろうかと不安になるほど、ここから眺める月は遠く、儚い。

胸元の温もりに視線を戻せば、ちゃっちゃっ、ちゃっちゃっと音を立て、宇佐吟が掌を舐めている。輝夜の視線に気づいた宇佐吟が、ハッと顔を起こし、咳払いして、両手をタオルケットの下に隠す。ふふっと輝夜は目を細めた。

「食後に手を洗ったし、湯浴みもしたのに、ハンバーガーの匂いが手に残っておるな」

「……パイの匂いもでござりまする」

輝夜も自分の指を嗅いでみた。匂いなど消えているはずなのに、美味しい香りが蘇り、楽しかった夕餉を思いだし、たちまち顔がほころぶ。

「満月バーガーは、どっしりとして味わい深く、さすがの風格だった。智登世は食べ方が上手だった。私は何度も零したぞ。もう一度挑戦せねば後悔する」

「魚のバーガーも、白い身がふわりとして美味しゅうございましたな。一本も骨がなかったことには驚きましたぞ」

「丁寧に下処理がなされて、この星に住む者たちの真心が伝わる逸品だった。私は智登世のチキンフィレと半分こしたぞ。宇佐吟も見ていただろう？　智登世がな、小刀で切ってくれた。チキンとは鶏肉だぞ。あの柔らかさには目を剝いた」

「……あずき餅パイも、大層美味しゅうございましたな。パイとやらのサクサクとした独特の食感を、まだこの切り歯が覚えておりまする。味はほんのり塩辛く、嚙めば嚙むほど甘みが増すという見事な味わいでございました」

「私は智登世の安納芋パイと半分ずつにしたのだが、どちらも甲乙つけがたかった。安納芋のもっちりとした食感と甘さは他に類を見ない。あとは……ほれ、セットに必ずついてくるという、細長く切った芋の……」

ポテトフライ！　と、声が重なる。体を揺らして笑いながら、再び夜空を見あげる。

「智登世はな、いつもはポテトフライを大きなサイズで注文するそうだ。だから体が大きく逞しいのだろうな。バーガーも、みっつは軽く平らげるそうだ。智登世が一番好きなのは魚のバーガーで、でも今夜は私に食べさせたくて、自分はチキンに変更し……」

「……――輝夜どの」

感情のない声で名を呼ばれ、輝夜は話の続きを呑みこんだ。輝夜に背を向けたまま、忘れるなとばかりに……宇佐吟が使命を口にする。

「一日も早く輝夜どのが、一郷、二藤、三鷹の御三方から求婚されますよう、この宇佐吟、心より願うておりまする」

なぜいまそんなことを？　と眉を寄せつつも、「そうだな」と返して気を引き締めた。

鼻をひくひくさせながら、さらに宇佐吟が故郷を偲ぶ。

「ハンバーガーを見れば月を思い、サニーサイドアップが挟まれていると知れば、雲に隠れた月を思う。ポテトフライは風に靡く薄のごとし。あずき餅パイは祝い餅。この世界で新しい体験に目を輝かせても、月への想いは募る一方にござりまする」

「宇佐吟……？」

「故郷へ戻ったら、殿組の殿方と真の愛を育まれませ。御子を成した暁には、月族兎組が総出で餅を搗きまする。わたくしが先頭に立って丸め、祝わせていただきますゆえ」

輝夜の心の奥で揺らぐ感情は、まだ形にすらなっていない。それを宇佐吟が先に見つけ、手早く摘みとった——ような気がした。

摘みとられたそれの色や形すら、まだ輝夜には見えていないのに、それを探ることすら赦さぬ口調が、輝夜を不安にさせる。

「輝夜どの。ここは仮住まいの地でございまする。この地球での求婚者候補は、帰還のための布石……いや、踏み台にすぎませぬ」

「そんなことは、わかっておる。なにが言いたい？」

「お役目を忘れてはなりませぬぞ、輝夜どの」

「だから、なにが言いたいのだ、宇佐吟」

「すべては故郷へ帰るため。……言いたいことは、それだけでござりまする」

ちらりと輝夜を振り向いた宇佐吟が、すぐさま顔を背けた。宇佐吟の気持ちが痛いほどわかるから、そうだな、と小声で返した。もともと口にできる言葉は、それしかない。

産まれたときから傍にいて、一番長く時間を共にしているのが宇佐吟だ。輝夜の護衛に任命されたときから、宇佐吟はつねに輝夜を最優先にしてくれる。そんな宇佐吟に逆らったり背いたりする選択肢は、輝夜にはない。

それでなくとも宇佐吟をこのような目に遭わせたのは……巻き込んだのは、自分だ。故郷から遠く離れた別世界に飛ばされるという、前代未聞の状況に陥った理由は、輝夜が稚球から逃げたからだ。麻呂と吾と予を怒らせたからだ。

誠心誠意、心から詫びれば、矢を射られるほどの怒りは生まなかったかもしれない。だから必ず月へ帰らなければ。これ以上宇佐吟に心労をかけるのは忍びない。

宇佐吟が摘みとり、隠してしまった輝夜の心の奥の揺らぎは、正体がわからぬまま、色褪せた夜に溶けてしまったが……それでいい。知らぬうちに葬り去ってしまえるなら、誰も傷つかないし、誰かを傷つけることもない。

「……宇佐吟」

「なんでござりましょう？」

「明日は三鷹さんとディナーだ。月への帰還に、大きく一歩前進するぞ」

大変喜ばしいことでございますと、背を向けたまま宇佐吟が言う。喜ばしいことなのに、宇佐吟も自分も、なぜか心が沈んでいる。

「明日が楽しみだな、宇佐吟」

わざわざ宇佐吟を揺さぶって、「そうであろう？」と同意を求めた理由は、自身を鼓舞するため。そして、宇佐吟を安心させるため。

「私はお前に、心配ばかりかけておるな。すまぬ、宇佐吟」

「……なにを謝ることがございましょう。輝夜どのは、なにも悪くありませぬ」

「お前を不安にさせているこの状況は、私のせいだ。私だけが飛ばされればよかったものを、お前まで巻き込んでしまった」

「輝夜どのをひとりにするわけにはいきませぬ。ついてきたのは、わたくしの意志です」

宇佐吟の耳が左右に動き、輝夜の顔を優しく撫でた。とたんに目の奥が熱くなり、嗚咽が漏れそうになる。輝夜は宇佐吟をぎゅっと抱きしめ、唇を震わせながら誓った。

「必ず故郷へ戻ろう。月族の、みんなのもとへ帰ろう。そして月で、優しい殿方に見初められ、文を交わして互いへの理解を深め、愛を育み……子を産むのじゃ」

逞しくて、優しくて、一緒にいると楽しくて、いつも笑いが尽きない。そんな殿方と、生涯一度の大恋愛をするのだ。

たくさんの愛を育み、多くの命を生み育てるのじゃ――。

輝夜は宇佐吟の耳の間に顔を埋めた。

自分で立てた誓いが重くて、怖くて、なぜだかとても泣きたくなった。

◆◆◆

「じゃ、そういうことで」と言われても。

「じゃ、いってらっしゃい」と見送るのは不安だ。

白いポルシェの助手席に収まった輝夜を、ドア一枚隔てた至近距離で立ち尽くし、呆然(ぼうぜん)と眺めている自分が間抜けすぎる。手塩にかけて育てた娘を初デートに送りだす親の心境は、こんな感じかもしれない。……いつか館長に訊(き)いてみよう、と智登世は思った。

あまりにも手持ち無沙汰(ぶさた)で落ちつかない。両手を前で組んだり、うしろへ回したり、肘(ひじ)を曲げたり伸ばしたり。そうこうしているうちに三鷹がエンジンをかけ、カーオーディオから音楽が流れてきた。

そしてシートベルトを塡(は)め、ギヤをドライブに切り替えると思われたとき。

「これは、今夜は置いていこうか」

笑顔で輝夜に話しかけながら助手席側のドアウィンドウを下げ、輝夜の膝(ひざ)の上のナップザックをつかむと、「預かっておいて」と智登世に向かって放り投げた。あっ！　と輝夜が小声を発し、つかもうとするが、間に合わず。

受け止めたのは、もちろん智登世だ。宇佐吟の無事を目にして、輝夜が顔に安堵を浮かべる。ただし、両耳をつかんで放り投げられた宇佐吟は、口もこめかみもヒクヒクしている。間違いなく怒り爆発十秒前。

智登世は宇佐吟の耳を撫でて落ちつかせながら、心配そうにこちらを見ている輝夜の手に戻そうとしたのだが。

「食事の場所に、ああいうのを持ちこむのは不衛生だ」……と、三鷹が言った。

「たとえぬいぐるみとはいえ、毛足の長いものは食の場に相応しくない」

「でも、あれは、私の大切な……」

「だから竹垣くんに預かってもらおう。途中で無くしても困るだろう？」

「う……、うむ」

「だったら今夜は、兎さんは留守番だ」

今度こそ宇佐吟が文句を言うかと思ったが、予想外にじっとしている。どこから見てもぬいぐるみだ。それでも赤い瞳がジッと智登世を見つめている。ここが我慢のしどころだと歯を食いしばっているようにも見えて、わかった、と心の中で頷いた。

「では……宇佐吟を頼むぞ、智登世」

「ああ。輝夜も、気をつけて」

「輝夜くん、窓を閉めるから顔を引いて」

三鷹に言われ、輝夜が素直に従うのだが、さっきからずっと不安そうだ。そんな顔をされると、送りだす智登世のほうが何倍も不安になる。

そして智登世は、落ちつきなくカバーオールのポケットに右手を突っこんだ直後、反射的に「輝夜！」と叫んだ。

閉まりかける窓の隙間（すきま）に、「持っていけ！」とスマホを投げこむ。とっさに両手でキャッチした輝夜が、智登世とスマホを交互に見て狼狽（ろうばい）する。

「え？　だが、使い方がわからぬ」

「持っているだけでいい。絶対に無くすなよ！」

「わ、わかった。無くさない」

智登世のスマホを押し抱き、輝夜が何度も頷いてみせる。

三鷹と輝夜を乗せた白いポルシェは、西東京プラネタリウムの駐車場から大通りに出ると、交差点を右に折れ、早々に去っていった。

見えなくなると同時に、智登世は自分の車に飛び乗った。そして信号を無視する勢いで……勢いだけで無視はしないが、制限速度ギリギリの速さで自宅へ戻り、ノートパソコンとＰＣリュックを抱えると、再び車に駆け戻った。

自力でナップザックから抜けだしていた宇佐吟を助手席に移動させ、シートベルトを装着し、パソコンを開いて操作する。

「このまま持っててくれ。他のところは触らないように」

早口で忠告し、ディスプレイに地図を映したノートパソコンを宇佐吟の膝の上に置き、両手でしっかり構えさせる。

「なにを慌てておるのだ、竹垣どの。なぜまた車で出かけるのだ？　輝夜どのがディナーを終えて戻ってきたとき、我々が留守では困るではないか」

チッチッと人さし指を左右に振り、「困らないから安心しろ」と種明かしをする。

「この間スマホを紛失したとき、ＧＰＳでスマホを追跡して事なきを得た」

「……珍しく、竹垣どのの言葉が解読できませぬ」

どういうことでございまするか？　と訊かれ、エンジンをかけながらパソコンのディスプレイを指した。

「ここに表示されているのは、地図だ。その地図上の赤い印が、俺のスマホの位置。いまどんな動きをしている？」

「……赤い駒のような印が、灰色の太線の上を進んでおりまする」

「ということは、三鷹さんと輝夜は、まだ車で移動中だ」

ふおっ！　と宇佐吟が驚嘆した。そんなことがわかるとは！　と。

「またしても怪しい術を使いよったな。魔物め！」

「術じゃないから。左側に住所が出ているはずだ。俺は運転中だからチェックできない。読める漢字だけでいいから教えてくれ」

「ええと……、あった。東伏見(ひがしふしみ)四丁目と書かれておりまする」

　教えてくれと言ったのは自分だが、淀(よど)みなく読みあげられると結構驚く。すごいぞ宇佐吟と感心しつつ、脳裡(のうり)でルートをイメージする。

「東伏見ってことは青梅(おうめ)街道か。じゃあ吉祥寺(きちじょうじ)か？　それとも新宿(しんじゅく)まで出るつもりか」

「行き先がわかるとは、貴様、やはり魔物であったか！」

「違うって。とにかく、部屋でジッと待っていても落ちつかない。この世界に来てまだ二週間程度の輝夜が、言葉や環境の行き違いで、揉(も)めごとを起こさないともかぎらない。三鷹さんを困らせる場面も、あるかもしれない」

「輝夜どのは、人を困らせるような御方ではござらぬ。それに三鷹どのには、これより満月前夜までに、輝夜どのを好いてもらわねばなりませぬ。邪魔立てするなっ」

　クワッと前歯を剝(む)きだしにした宇佐吟の、耳の付け根を揉んで落ちつかせ、「そうじゃない」と訂正する。

　どうして敵意剝きだしなんだ……としょんぼりしつつも、忠実ぶりには敬服する。このような護衛に慕われている輝夜は見た目同様、内面も純粋で綺麗(きれい)なのだろうと思う。

「輝夜が楽しいなら、それに越したことはない。ただ、知らない星の知らない場所で、万が一にも三鷹さんとはぐれたら不安だと思わないか？」

はぐれる？　と宇佐吟が声をひっくり返した。

「……………うむ、まぁ、確かに」

「そうなれば輝夜は、デートを楽しむどころじゃない。だが俺たちがパソコンで確認していれば、おおよその位置は把握できるし、すぐに駆けつけることもできる」

「うむ、まぁ……」

「それでなくても輝夜は、俺には想像もつかないほどの大きな責務を抱えている。せっかくなら、楽しい思い出を土産に持たせてやりたいんだ。願うのは、それだけだよ」

「…………」

「この世界では『保険』という言葉で表現するが、もしものときの支えだ。なにも起きなければ、それでいい。……輝夜は、人を困らせるような子じゃない。出会って月日の浅い俺も、それは充分わかっているよ」

知った顔をするな！　と前歯を剝きだしにするかと思ったが……反応がない。もしや怒りに震えて言葉もでない状態かと、心配になって助手席を見やれば。

瞬きもせず、じっと智登世を見つめる赤い目が、ふたつ。

どうした？　と訊くと、ハッと我に返った宇佐吟が、顔をパソコンへと戻す。

「竹垣どのの言わんとすることは、この宇佐吟も承知でございまする。……ひとつ訊くが、このパソコンとやらは、ふたりの会話も聞けるのでございまするか？」

「いや、そこまでは無理。だから……だから……」

だから？　と宇佐吟に続きを催促され、車内だというのに智登世は声を落とした。

「相手が車を降りたら、その近くで俺たちも駐車する。そしたら……」

「そしたら？」

「――――尾行開始だ」

三鷹と輝夜が明治通りに面したブティックに入って、二十分が経過した。

もしかすると、オーバーオールとTシャツでは入店不可の高級店を予約したのだろうか。

……三鷹ならあり得る。

「なにせ三鷹さんだもんな。ファミレスってわけにはいかないか」

ブツブツ零しながら、智登世は宇佐吟の入ったナップザックを隣席に置いた。パソコンの位置情報を開きつつ、ブティックの出入口が見えるカフェのカウンターで、今日一杯目のコーヒーを飲んでいる。おそらくあと二杯くらいは飲むことになりそうな予感だ。

ちなみに車は、コインパーキングに入れた。新宿の駐車料金は心臓に悪いほど高額だから、できれば長居はしたくないが、輝夜を見守るためだ。背に腹は代えられない。

「我が子の初デートを偵察する親の心境だな。独身だけど」

自分で言って苦笑いするが、偵察するような親になりたいかと問われれば、単に気持ちが悪いし、そんな親は子に嫌われる……と気づいてから、いま自分がとっている行動の気持ち悪さに愕然とした。したが、もう考えないことにする。

とにかく、輝夜が今回のデートを無事に楽しみさえすれば、今後は自由に……西東京プラネタリウム閉館前夜まで求婚者候補とデートを重ね、月に戻れるだけのエネルギーを育てればいいと思う。今日は初回だから不安なだけだ。

ふと、「誰が?」という疑問が脳裡に湧き、思考が止まる。

組んだ両手を口元に押し当て、パソコンの赤い印をじっと見つめ、ぼそりと零す。

「……俺が、か?」

不安なのは輝夜のはずだが、どうやら自分もそうらしいと気づいたとき。

ブティックから、ふたりが姿を現した。智登世はパソコンを閉じ、空のカップを手に腰を上げたのだが……。

思わずその場に立ち竦み、目を瞬いた。

輝夜の雰囲気ががらりと変わっていて、一瞬誰だかわからなかったのだ。エスコートしているのが三鷹でなければ、気づけなかったかもしれない。

しばらく脳がバグを起こし、修正するのに手間取るほど、輝夜が急に垢抜けて見えた。

白いカットソーにカジュアルなテイストのネイビージャケットを重ね、パンツは細身の白、足もとは涼しげなツートンカラーのモカシン。これだけでも洒落(しゃれ)ているのに、ヘアスタイルも変化している。左肩でひとつに結び、キャスケットを被(かぶ)っているのだ。

かっこいいのに可愛(かわい)くて、すれ違うたび、人が振り向く。

高級スーツの三鷹と並んでも遜色(そんしょく)がないどころか、非常にバランスがいい。こういってはなんだが、芸能プロダクションの若手社長と、トップアイドルの構図だ。

「輝夜って、あんなに大人っぽかったっけ……」

なにやら輝夜の輪郭が他の人より明るく見えるのは、輝夜の内面が光っているからだろうか。輝夜の中で三鷹への好意が膨らみ、それが輝夜の持つ本来の美に磨きをかけているのだとしたら……。

「恋心が芽生え始めている……とか？」

では、これは喜ばしい変化だ、きっと。……たぶん。

進展が早すぎないか？　とも思うが、そもそも輝夜の人生の主軸は、恋をして子孫を成すことだ。好ましい相手がいれば結婚対象として考えるのが、輝夜の世界の常識だ。

この短時間ですっかり垢抜けた輝夜を見ていたら、制服のカバーオールのまま飛びだしてきた自分が少し恥ずかしくなった。

だが、そんなことで狼狽(うろた)えている時間はない。智登世はパソコンを収納スリーブに差しこんだ。そのリュックのメイン・コンパートメントでぬいぐるみのふりをしている宇佐吟に「追うぞ」と囁く。

「オーケーでございまする！」

ことのほか通りのよかった声は、近くの客の耳にも届いたらしい。数人から不審な視線を向けられた智登世は、「ＯＫ、忘れ物はない。よし、ＯＫ」と、わざとらしい独り言で誤魔化した。

人前で恥ずかしい思いをするのは輝夜ではなく、自分だったかと顔を熱くし、そそくさと店をあとにした。

輝夜を乗せた三鷹のポルシェが、鮨の名店の車寄せで停まった。

先に降りた三鷹が、助手席に回ってドアを開ける。そして手を差し伸べ、慣れた手つきで輝夜を降ろし、腰に手を添えてエスコートする。

慎ましく上品な門構えと、奥へと続く石畳。ときおり聞こえるのは鹿威し。

「入らぬのか？　竹垣どの」

背負っているＰＣリュックから宇佐吟が顔を覗かせる。門構えからして、最低料金がウン万円の高級店となれば、いくらなんでも二の足を踏む。

勤務先と賃貸マンションを行き来するだけの生活だから、金が無いわけではない。給料は毎月余るから、貯金額は勝手に増えている。だが、そういうことではなくて……。

「じつはこの店、ふたつ星の職人が握っていることで有名なんだ」

「たったふたつの星に臆するのか、貴様！　夜空に星はいくつあると思うておる！」

そういうことじゃなくて、この世にはＴＰＯとか、ドレスコードとか……と説明するのも億劫に感じられるほどの格差が衝撃だ。

「場違いすぎて敷居が高い。貴族と庶民の違いと言えば、わかるか？」

おお、と頷いた宇佐吟が、「庶民は足を踏み入れてはならぬ場所であったか」と、小さいながらも的確なダメージを上乗せして、智登世の自尊心をちょっとだけ抉る。

格の違いをさっさと諦めた智登世は、あちこちに点在しているコインパーキングの看板を頼りに、もっとも近い空きスペースにミニバンを停めた。

そして宇佐吟を車内で待機させ、先のほうに見えるコンビニへ走り、適当に握り飯やらサンドイッチやらを買いこんで、ダッシュで戻る。

「輝夜たちは？　まだ中にいるか？」

「血迷うておるのか、貴様。店に入ったばかりではないか」

「ＯＫ。監視ご苦労様」

運転席ではなく後部席へ腰を下ろし、宇佐吟にもうしろへの移動を促して、互いの間に食べ物を広げた。

ふおお！　と宇佐吟が耳を撥ねあげ、両手を頰に押しつける。見ただけで、ほっぺたが落ちそうになったらしい。

「車内なら、宇佐吟も人目を気にせず食べられるだろう？」

「そういうことでございまするか。わたくしはてっきり貧富の差に臆して、尻尾を巻いて逃げたのかと誤解しておりましたぞ。いやはや、さすがは竹垣どの。庶民は庶民らしく、いつもどおりの夕食を整えるとは。兎冥利に尽きまする！」

チクチク刺しながら絶賛されて、また少し自尊心が削られた。


仲居が先に外へ出て、続いて三鷹と輝夜が姿を見せた。

ほんの少し、輝夜の足もとがふらついている。どうやら酒を呑んだようだ。

「三鷹さんも呑んでいるなら、車は置いていくはずだ。代走を頼むか、タクシーか……」

だがタクシーを利用するなら、店側はタクシーの到着を待ってから、客を外へ案内するだろう……と疑問に思って眺めていたら。

三鷹の右腕が、輝夜の腰に回った。そのまま仲居に見送られ、なぜか徒歩で遠ざかる。

電車で帰るのか？　とも思ったが、ふたりが向かう方角にメトロの出入口はない。あるのは、さきほど智登世が食料を調達したコンビニと――――。

「……まさか」

智登世は急いでミニバンから降り、リュックの口を開け、「入って」と宇佐吟を急(せ)かした。ぴょんと飛びこんだ宇佐吟が、自分でファスナーを半分ほど閉め、「どこへ行くのだ？」と訊いてくる。

「説明はあとだ」

早口で返してリュックを背負い、ミニバンのドアを閉め、ロックする。そしてふたりを見失わないよう、背後から追跡を開始する。

新宿二丁目から三丁目あたりは空が隠れるほどのビル群が乱立しており、昼夜にかかわらず往来が激しく、尋常ではない賑(にぎ)わいだ。だが、そのビルの数だけ脇道(わきみち)もあり、ディープな飲み屋街も存在する。

ここからほど近い場所にある新宿ゴールデン街もそのひとつで、安価で呑める店が軒を連ねており、決して治安がいいとは言えない。なぜならそんな場所には……そんな場所だからこそ、入りやすい角度にエントランスを設けたラブホテルが待ち構えているのだ。

なぜ竹垣が、そんなことを知っているかというと、大学時代に友人たちと新宿ゴールデン街で飲み歩いた経験があるからだ。一緒にいた女子が少し酔ってしまい、酔い覚ましにカフェでコーヒーでも……と足を踏み入れた場所がラブホテルのエントランスだったときには一瞬で酔いが覚めたし、血の気が引いた。

入口に展示されていたスイーツの写真に騙(だま)されたのだが、全員が慌てふためき、「こっちのカフェにしよう」と逃げこんだ先も、なんとラブホテル。気がつけば前後左右にその手のホテルが待ち構えていて、女子に平手打ちを食らったという、初々しくも恥ずかしい実体験があるからだった。

三鷹が輝夜に体を寄せ、誘導している……ように見える。その先を右に折れると、例のラブホテルが軒を連ねる妖しい通りに出るはずだ。

智登世は街灯のうしろに隠れ、看板の脇に身を潜めながらも足を急がせ、ふたりの会話が聞こえる位置にまで距離を詰めた。人の行き来も急に途絶える。

さらに今夜は新月前夜だから、月の光は無に等しい。物陰は墨を塗ったように真っ暗で、連れこむ側にも尾行者にも都合のいい夜だ。

「まさか輝夜くんのほうから、その気になってくれるとは」

ふいに、三鷹の声がした。近くのビルに反響したのだ。

「ご馳走になったのですから、お礼をするのは、当然れす」

輝夜が律義に応答する。だが智登世が思うに、輝夜は状況を把握していない。そして三鷹も、おそらく輝夜の疎さを利用している……かもしれない。

「ですが私は、お金を、持っておりませぬ。報酬をいただけるのは、来週のようで……」

「金銭じゃなくてもできるお礼は、いろいろあるよ」

「私に……できるれしょうか」

「できるよ、輝夜くんなら。きっと、とても上手にできるだろうね」

「それは、よかったれす」

かなり呑んだのか、もとから酒に弱いのか。輝夜の足がふらついている。そんな輝夜の腰を抱えるようにして、三鷹が角を右に折れる。

智登世は急いで角まで走り、首を伸ばし、耳をそばだてた。

「本当に二十歳で間違いないね？　未成年じゃないよね？」

「二十歳……れす」

「だったらここで休憩して……それをお礼に代えてもらうってことで、いいかな？」

三鷹が指したのは、カフェの顔をしたラブホテル！

休憩？　と輝夜が首を傾げ、ああ、と声を弾ませた。

「休憩ルームデコーラ、飲んだこと、あります。苦くて、全部は飲めなくて……」

その言葉の選択は、誰が聞いても「誘い受け」だ。

「休憩……したら、それは、お礼に……なりますか？」

もちろんだ、と三鷹が笑った。そのうえ輝夜が、ＯＫれす……と最悪のタイミングで返してしまった。

同意を得たとばかりに、三鷹が輝夜をラブホテルへ連れこもうとして――。

「三鷹さんっ！」

気づいたときには名を叫び、ビルの陰から飛びだしていた。

振り向いた三鷹が、「うわっ！」と驚きの声をあげる。

「たっ、竹垣くん！　なぜここにっ」

三鷹が慌てて輝夜を背後に隠すが、「あ、智登世〜」と輝夜が横から顔を出し、手を振るから、隠しきれずに狼狽えている。

「奇遇ですね、三鷹さん」

顔を引きつらせつつも、かろうじて笑顔で挨拶した。「追ってきたのか？」と追及される前に、急いで弁解を引っぱりだす。

「久々に時間が空いたので、ちょっとそこで、友人たちとメシ食ってまして」

「わ……わざわざ、新宿で？」

訊き返す三鷹の顔も引きつるから、嘘を重ねる智登世も、つられて怪しい顔になる。

「ええ。友人たちとメシっていうと、大抵ゴールデン街なんですよ。でもまさか、三鷹さんと輝夜も新宿に来ていたとは知りませんでした」

作り話に心臓をバクバクさせながら、笑顔キープで距離を詰める。

「えーと、その、輝夜が戻る時間までには家に帰るつもりだったので、いま俺だけ早めに抜けて……。あー輝夜、酔っちゃいましたか」

そう言いながらジリジリと間合いを詰め、三鷹のうしろでふわふわ揺れて立っている輝夜に、「大丈夫か？」と声をかけた。

智登世に向ける視線は頼りないが、泥酔というほどではなさそうだ。試しに手を伸ばしたら、素直に握ってくれたから……握り返し、引き寄せて、三鷹のもとから奪還した。

「智登世～、スマホは死守したぞ～。ほら、いまも私の懐に……」

「わかったわかった。あとで受けとる」

「いまじゃ。いま渡すのじゃ～、私が戻った証拠の品だ、受けとれ～」

「はいはい、受けとるよ。いま確かに受けとったからな。はい、ご苦労さん」

「よかった～、これでひとつ、大事な務めを果たしたぞ～」

輝夜がしがみついてきた。智登世も輝夜の温もりを実感し、やっと胸を撫でおろす。

「すみません、従弟がご馳走になりました。ついでだから連れて帰ります」

「え？　帰る？　だが、その……」

「わー、服まで買ってもらったのか！　すみません、三鷹さん。ありがとうございます。このお礼は後日、改めて」

頭を下げ、輝夜にもお辞儀を促して、まだ呆然としている三鷹の前から立ち去った。

角を折れると、智登世は輝夜を横抱きにしてコインパーキングへダッシュした。

助手席に輝夜を座らせ、シートベルトで固定し、ＰＣリュックは宇佐呤ごと後部席へ放りこむ。そして無事に手元に戻ってきたモバイルで精算し、駐車場から脱出した。

慌てているのは、三鷹が引き返してこないともかぎらないからだ。こんなところに車を停めていたとわかれば、尾行していたことがバレてしまう。三鷹の機嫌を損ねたら、館長に迷惑が及ぶかもしれない。それだけは絶対阻止しなければ。

早く新宿から遠ざかろうとアクセルを踏み、しばらくは無心で走った。中野坂上の交差点まで来て、ようやく気持ちに余裕が生まれる。後部席の宇佐吟に頼んで、レジ袋から機能性飲料を取りだしてもらい、キャップを外して輝夜に持たせる。

「少しずつ飲め、輝夜。酔いが覚めて楽になるから。……お前が行きに着ていた服、もしかして三鷹さんの車の中か？　今度三鷹さんに訊いてみるよ」

助手席の輝夜に目をやると、素直にペットボトルを傾けながらも、哀しげな視線を前方に投じている。

「どうした？　輝夜」

訊きながら、青信号に変わったところでアクセルを踏む。行きとは異なり、すっかり夜だ。あっという間に時間が過ぎる。

「まさか輝夜、怒っているのか？」

「……なぜだ？」

「なぜって、浮かない顔をしているから……」

言いかけて、ギクリとする。感情に任せて連れ帰ったが、そもそも輝夜の目的は、三鷹と愛を育むことだ。……三鷹だと決まったわけではないが、最有力の求婚者候補だ。

二藤も一郷も候補かもしれないが、もし三鷹ひとりで月と互角に引きあえる求愛力を発してくれれば。そして次の満月の夜に三鷹を振れば、輝夜と宇佐吟は故郷へ帰れる。

「輝夜。お前、まだ三鷹さんに告白されていなかったんだよな？　連れ帰ったのは、まずかったか？」

迷いつつも訊ねた智登世に、輝夜は視線を前方に向けたままだ。前を向いているだけで、景色は目に入っておらず、心もここにあらずといった雰囲気だ。

その輝夜がぽつりと零した。「智登世の塩ラーメンが食べたい」と。

え？　と訊き返し、アクセルを踏み続けるが、いまのひと言で気もそぞろだ。

「江戸前鮨店は門構えも立派で、店内は清潔で空気も澄んでおった。隅々まで手入れも行き届いており、木の香りがして、まるで稚球の……養父母の屋敷に戻ってきたかのようにも感じた。だが、寛げなかった。楽しくなかった。頑張って楽しもうとしたのに」

涙ぐむ輝夜の頭には、気づけば兎の耳が生えていた。力なく前に垂れている。

「私は、ずっと気を張っていた。これは失敗が赦されぬぞと、すぐに覚った」

「まぁ、そういう店だからな。ハンバーガーショップとは違う」

「慎ましいことには慣れておる。だが江戸前鮨の作法が、とんとわからぬ。箸を使うのか手づかみか、人によってなぜ違う？　それに、なぜ草の色をした辛い練り物を、米と魚の間に塗るのだ？　米の味も、魚の味も、あの練り物に負けて覚えておらぬ」

どうやら山葵のことらしい。智登世自身は鮨に山葵は欠かせないが、輝夜は緑茶を水で薄めるほど苦みに不慣れだ。初めて山葵を味わったのであれば、その衝撃も頷ける。

「口に入れたら涙が出て、毒を盛られたかと慌て、吐きだそうとした。だが周りは、みな美味そうに食うておるから、我慢して飲みこんだのだ。すると三鷹さんが、美味いだろうと笑うから……殿方に恥をかかせるわけにはいかぬゆえ、笑顔で頷き、飲みこんだのだ。そうしたら、どんどん鮨が握られて……だんだん気持ち悪くなってきて……」

ぽろぽろと涙を零しながら、輝夜が吐露する。

「途中で酒を勧められ、苦い練り物を流しこむために何杯も呑んだ。そうしたら目が回って、店を出るころには足もとがふらつき、三鷹さんに申し出たのだ。休みたい、と」

そういうことか、と納得した。三鷹が強引にホテルへ連れこもうとしたわけではない。三鷹は三鷹で、輝夜がその気になってくれたと早合点した、ただの言葉の行き違いだ。

そういう意味では、智登世も早合点だった。三鷹を疑ったことについては、大いに反省しなければ。

「衣服と夕餉を一方的に賜って、このまま帰るわけにはいかぬ。なにか返礼せねばと思うておったら、休憩することは礼になると言われ……それなら安心して休憩できると安堵したのだ。それなのに、休憩せぬまま帰路についておることが後ろめたいのだ」

「輝夜の星では、義を重んじることをヨシとするのは、よくわかった。でも、なぜそこまで、相手の立場や返礼にこだわるんだ？」

「なにゆえに……と、私に問うておるのか？」

ああ、と返すと、ぽつりと輝夜が白状した。

「なぜなら三鷹さんは、智登世の上役であろう？」

目に涙を溜めた輝夜が、唇を震わせて智登世を見つめる。

「智登世の上役に恥をかかせたら、智登世がお咎めを受けるではないか」

進行方向の赤信号が、輝夜の大きな目を赤く染める。泣き腫らしているようでもあり、兎のＤＮＡが作用しているだけのようでもあり。ただ――。

「……輝夜」

「はい？」

「お前、いい子だな」

智登世はそっと左手を伸ばし、輝夜の兎耳の間を撫でた。

「俺の立場なんか気にしていたら、今後のデートも楽しめないぞ？」

だって、としゃくりあげながら、輝夜が手の甲で涙を拭う。智登世はサイドボックスからティッシュを数枚引きだし、輝夜の顔に押しつけた。輝夜がそれを両手でつかみ、涙を拭いてから鼻をかむ。鼻水が出たら鼻をかむのは、どの世界も共通らしい。

涙と鼻を拭き終えて、輝夜が吐露する。

「智登世が罰せられるようなことになれば、私は……私は……っ」

ならないよと、返すそばから笑ってしまう。

「山葵の件は残念だったな。なにかひとつでも、口にあうものはなかったのか？」

「最後に甘い卵が出た。焼きたてで、温かかった。あれは大層美味かった」

やはり卵はご馳走だと、輝夜がやっと笑顔になった……と思ったら。

「智登世は、打ち首にはならぬよな？」

思わずブレーキから足を離しそうになったが、すんでのところで持ちこたえた。常識の違いだとわかっていても、その発想は大袈裟だ。大丈夫、と返す顔が引きつる。

「そんなことしたら、逆に三鷹さんが首を切られ……っと、西東京プラネタリウムに出入禁止になるよ。この世界では、恥や非礼を理由に命を取られることは絶対にない。平和を基準に成り立っているから、安心しろ」

「そうであったか。よかった……」

信号が青に変わる。ブレーキからアクセルに踏み換え、ゆっくりと前進しながら補足した。今後のためにも、これだけは心得ておいてもらいたい。

「ひとつ輝夜に警告しておく。この世界の休憩には、裏と表があると考えてほしい。表面は、二藤くんとお茶を飲みながら月の話で盛りあがったり、ソファで寝転んだりするような時間だ。裏面は、さっき輝夜と三鷹さんが行きかけた、休憩専門の宿へ入ることだ」

「宿？　休憩には、宿という意味もあるのか？」

「というか……睦みあうことを目的に、時間単位で借りる部屋のことを指す」

「睦みあうことを、目的に？」

復唱して、輝夜が固まった。オーケーと返事した重大さを、ようやく理解したらしい。

「だとしたら……、わ、わわ、私は、なんという、破廉恥な、申し出を……っ」

顎をカクカクと震わせる輝夜が痛々しいが、ここは明確にしておかなければ。

「輝夜と三鷹さんが相思相愛なら、話は別だ。でもそうじゃないなら、ああいった類の休憩は避けたほうがいいと、俺は思う」

そうだったのか……と輝夜が身を震わせる。

「三鷹さんと私は、そのような段階にない。逢瀬と言葉を交わすことが、我らの世の文に相当するとした場合、まだ数通しか交わしておらぬ。そのような相手と、む、睦みあうなど……私には無理だ！」

「そこがわかっているなら、大丈夫だな」

ホッとした半面、三鷹のほうはどうだ？　との疑問は残る。わざわざ西東京から新宿まで、食事のためだけに車を飛ばすか？　店とラブホテルの立地や導線を考えると、最初から下心があったのかもしれない。

輝夜の話によれば、先に休みたいと言ったのは輝夜だ。匂わせるセリフを輝夜が口にしなければ、三鷹も行動には移さなかったかもしれないが、あわよくばと期待していたのであれば、個人的には感心しない。

頭が固いと笑われるかもしれないが、そういったことは酒の力を借りず、互いの思考が正常な状態で、かつ双方が合意の上で行うものという信念が智登世にはある。……そんな堅物だから、彼女ができても長続きしないのだが。

ハンドルを操りながら、智登世は輝夜を励ました。

「今度三鷹さんに会ったら、言葉の行き違いがあったことを俺からも説明しておくよ。輝夜は悪くない。三鷹さんもだ。今回のことは誰も悪くない。だからもう泣くな。な？」

「うう……っ」

ティッシュで鼻を押さえていた輝夜が、唐突に耳をパタッと前に倒した。そして充電が切れたかのように、スースーと寝息を立て始めた。寝つきのよさに面食らう。

「脳疲労でも起こしたか？」

「気を張っていたのでございましょう」

囁いたのは、運転席と助手席の間から顔を出している宇佐吟だ。そうだな……と、智登世は小声で同意した。マンションに着くまで、このままゆっくり眠らせてやりたい。

智登世が輝夜に言い聞かせている間、宇佐吟がずっと黙っていてくれたのは、口を挟む余地もないほど同意見だったからだと思われる。みんな輝夜が大切なのだ。

フロントガラスの、遥か遠くへ目をやれば、いつもより空が暗い。糸のように頼りない月が、筋を描いているだけだ。

「明日は新月か……」

満月まで、あと二週間。満月の引力と対等の愛情は、育めるのだろうか。

輝夜と宇佐吟は、月へ帰れるのだろうか。

不安ばかりが増してゆくが、今夜のところは助けて正解だったと思いたい。

◇◇◇

天体観測に出かけようと、智登世が言った。

輝夜は歯を磨きながら、「てんたいとは?」と質問した。輝夜の世界の歯磨きは楊枝で歯の間の汚れを削ぎ落とすが、この地球では「歯ブラシ」に爽やかな香りのする練り物を絞りだし、歯の全面を丹念に磨く。これがまた気持ちがよくて、すっかり食後の習慣になっている。ちなみに朝食は摂らないため、これは昼食後の歯磨きである。

洗顔も歯磨きも先に終えた智登世が、白くて細長い筒や、三本足に分かれた長い棒を折り畳みながら教えてくれる。

「天体とは、宇宙空間に存在する物体の総称だ。この地球から観測できる星、月や太陽やこの地球も、天体のひとつだ。星の形をしたものだけでなく、ガスや塵もだ。それらを眺めたり、位置や変化を観たりする。それが天体観測だ」

「今日は金曜日だから、週休二日のうちの一日であろう？　なぜ働くのだ？」

訊くと、えっ？　と智登世が目を丸くして手を止め、照れくさそうに頭を掻いた。

「仕事じゃなくて、これは趣味だよ。車で三十分ほど先に、大きな湖と自然公園がある。視界を覆うものもなく、都心の光も届かない。いわゆる天体観測スポットがあって、休日はそこでのんびりするのが、俺の唯一の楽しみなんだ」

ほぅ、と輝夜は相づちを打った。そして「では、私の趣味は歯磨きだ」と返したら、智登世が肩を揺らして笑った。失敬な……と思いつつ、智登世が笑い転げている間に洗面所で口を濯ぐ。昼間の趣味は、これにて終了。次は夜までお預けだ。

いま袋詰めした長い筒をポンポン叩いて智登世が言う。

「これは天体望遠鏡といって、遠くの星が、より明るく大きく見える器械だ。今夜は新月で、地球と月と太陽が一直線に繋がる。地球から月の反射光が見えなくなるんだ。月明かりがないぶん、普段より鮮明に星を捉えられる。コイツを使って宇宙と繋がろう」

「それはよいな。私は月も好きだが、星を眺めるのも大好きだ。稚球にいたころは、新月となれば縁側に座り、他の星で暮らす生き物の暮らしに想いを馳(は)せておった」

「気が合うな。俺も同じだ。さ、出かける準備をしてくれ」

てきぱきと手を動かす智登世を真似(まね)て、輝夜も急いでTシャツとデニムに着替えて髪を梳(と)かし、左右に分けてゴムで縛った。

そして、ソファに腰かけて神楽笛の練習に励んでいる宇佐吟を、いつものナップザックに移して背負い、「準備完了っ」と智登世に告げた。


広々とした草原に立って空を見あげ、すごい……と輝夜は驚嘆した。

まさに、星が降ってくる。

昼間は自然公園周辺を散策し、日が傾いてからこの草原に移動したのだった。時間の経過に伴い、それまで肉眼では捉えられなかった星たちがゆっくりと姿を現す。それぞれが優しく瞬きだし、いま上空は、星で埋め尽くされている。

「星が迫ってくる。なんという美しさだ……」

「肉眼でも感動するけど、こっちも覗いてみろよ」

ほら、と智登世が場所を譲ってくれたのは、細い三本足……三脚とやらの前。そこに載った白い長筒が「天体望遠鏡」というものらしい。

背後から手を添えられ、天体望遠鏡の穴を覗いたとたん、輝夜は歓喜の声をあげた。

「うわぁ……――」

そこには煌々（こうこう）と照る星が、大きく捉えられていたのだ。

試しに穴から顔を離し、同じ位置にあるはずの星に目をこらせば、小さな光の点にすぎない。もう一度穴を覗き、また肉眼で確認し、何度も深いため息をつく。

「文明とは、素晴らしいのぅ」

天体望遠鏡で観ると明るさが増し、遠くの星を近くに感じる。もしこの天体望遠鏡が稚球や月に存在していれば、いつでも互いの世界を覗くことが叶（かな）っただろうに。そうすれば月族と稚球人の、相互の理解も深めることができただろうに。

もっと、心を通わせることができただろうに。

こいつを使って宇宙と繋がる――智登世が予告したとおりの光景に、胸が震える。この感動を智登世に伝えたいのに、うまく言葉が紡げない。

背後に寄りそう大きな体も、上から重ねられた手も……温かいのを通り越して、とても熱い。恥ずかしくて、輝夜はそっと手を引き抜き、下ろした。

「……綺麗だ」

「え、ええっ？」

「新月に観測する星は、特別に綺麗だ。そう思わないか？」

「あっ、ああ、うむ。そうだな」

輝夜がこんなに狼狽えているのに、宇佐吟はといえば、兎の本能を満喫中だ。広大な土地が柔らかい草で覆い尽くされている光景に興奮し、遠くまで跳ねては全力で戻り、また跳ねてはまた戻るの繰り返しだ。ときおりムシャムシャと野草を食(は)むのは、ご愛敬。

「いま九月だから、夏の空と秋の空が入れ替わる時期だ。来週はこの東京でも、夕方から夜にかけて、蠍座(さそりざ)のアンタレス食が観測できる。ちょうど勤務が終わる時間だから、屋上に急げば間に合うかもしれない。みんなで観測できるといいな」

そう語る智登世を振り向けば、月明かりのない新月なのに、その目は不思議と輝いて見えた。……来週の楽しみが増えた。智登世のおかげだ。

やっと戻ってきた宇佐吟が、「こやつは何者でございまするか」と天体望遠鏡を睨(ね)め回すから、抱きかかえて穴を覗かせてやると、おおっ！　と驚きの声をあげた。

「こんなところに、プラネタリウムが！」

「プラネタリウムは映像だけど、いま観ているのは現実の星だよ。俺たちは、まさにこの瞬間を、宇宙と共有しているんだよ」

この瞬間を宇宙と共有——。なんと壮大な言葉だろう。

智登世が宇宙を語るとき、智登世も宇宙の一部になる。文(ふみ)を綴(つづ)って交わすより、歌を詠んで伝えるより、智登世の言葉は広く、深く、豊かだ。

「あの星も、この地球も、太陽系に属している。そこに住む俺たちも太陽系の仲間だ」

「仲間？　あんなにも遠いのに？　ならばあれよりも近くに見える太陽と月も、地球の仲間なのか？」

「ああ。少し種類は異なるけどね。太陽の中心部では常に小さな爆発が起きていて、光と熱が放出される。そんなふうに自ら光を放つ星は、恒星と呼ばれているんだ。その太陽の周りを回っている地球は、惑星。地球の周りを回っている月は、衛星だ」

「月族兎組、月族姫組、月族殿組、月族殿組派生……のようなものだな」

そうそうと頷いた智登世が、遠い宇宙へ視線を飛ばす。

「太陽系の恒星は、太陽ひとつしか存在しない。でもこうして夜空を見あげれば、膨大な数の恒星の存在を知ることができる」

「逆に言えば、見あげなければ知る由もないのだな。膨大とは、如何ほどだ？」

「肉眼では三千から五千が限界らしいけど、この太陽系が属する銀河系だけで換算しても、観測可能数は一千億。実際には二千億から兆を越えるそうだ」

「訊いてもわからぬ数値であった。要するに無数か。でも太陽系には、ひとつ」

ああ、と頷く智登世の声は、いつも以上に生き生きとしている。

「太陽が光を発してから地球へ到達するまでに、約八分かかる。それでも太陽と地球の距離が一億四千九百六十万キロという現実を思えば、光の速さは、とてつもない」

「……智登世は、なぜそれほどまでに詳しいのだ？」

「プラネタリウムで、何度も解説しているから」

光の速さで納得したぞと返したら、身を折り曲げて笑われた。

「それにしても、太陽の光を認識するのに時間を要するとは知らなかった」

「太陽だけじゃない。いま目に入る星の光は、どれも同じ時間に瞬いているように見えるけど、距離によってそれぞれ異なる。その光の旅路を想像するのも、天体観測の面白さのひとつだ」

そして智登世がポケットからスマホをとりだし、点灯させる。

「いま俺が灯（とも）している明かりも、数秒後、あるいは数分後、それとも何十時間後、この広い宇宙のどこかで暮らす誰かの目に届くかもしれない。そんな想像を膨らませるだけで、宇宙を身近に感じられるんだ」

智登世の想いを噛（か）みしめながら、輝夜は何度も頷いた。なぜ智登世が大らかなのか、心が豊かで優しいのか、その理由が、よくわかった。

こうして夜空を見あげ、智登世の話に耳を傾けていると、この瞬間にも月族は広い宇宙を駆け回り、輝夜と宇佐呤を探してくれているような気がして……心を強く持てる。

「宇宙はこれほど広いのに、なぜ私は他の星ではなく、地球へ飛ばされたのだろう」

「波長が合ったのかもしれないな。日本の平安時代と酷似した文化というだけでも、輝夜の世界とこの地球は、強い絆で結ばれていると思うよ」

「いつか智登世が見せてくれた箸袋の、表と裏のような関係かもしれぬな」

だとしたら、この天体望遠鏡を以ってしても稚球は発見できないだろう。近いのに遠い。遠いのに近い。駆け引きのようなじれったさは、なにやら人の気持ちに似ている。

輝夜は改めて智登世を見つめた。気づいた智登世も黙って微笑み返してくれる。胸が詰まって言葉がうまく紡げなくても、気持ちは繫がっているようで……嬉しい。

ふたりの視線には、光の時間差も、言葉の行き違いもない。温かくて優しい感動を、眼差しで共有しているのだと、淡い感動に震えていたら。

ぎゅるるる……と、音がした。

振り向くと、バツの悪そうな顔をした宇佐吟が、両手で腹を押さえている。

「に……賑やかなことで、申し訳ございませぬ」

「腹の虫の音を聞いたら、なにやら急に腹が減ったぞ」

「そうだな、俺もだ。そろそろ晩メシにするか」

肩を揺らして笑いながら、智登世がリュックの中から敷物を取りだし、広げる。その上に移動するよう促され、履物を脱いで上がり、用意された「折りたたみクッション」の上に正座する。いつの場合も智登世は胡座だ。

ポータブルライトという持ち運びのできる電気を灯した智登世が、「今夜は、夜空を観ながらここで食べよう」と提案してくれた。たちまち気持ちが飛び跳ねる。嬉しすぎて耳まで出そうだ。

「このポータブルライトの明かりも、宇宙のどこかに届くのだろうか」

「だといいな。遠く離れた星の誰かが、望遠鏡で見つけてくれるかもしれない」

では挨拶をしよう……とライトの前で手を振ったら、智登世に大笑いされた。

さて、いま智登世が敷物の上に置いたのは、ここへ来る途中で買ったハンバーガーだ。季節限定の満月バーガーに、増量のポテトフライ。コールスローという名前の、キャベツの漬け物もどきもある。パイも飲物も揃っている。ご馳走だ。

「ハンバーガー続きで、悪いな」

「悪くなどない。大好物だ。それに昨日は鮨だった。続いてはおらぬ」

「そうだけど、ハンバーガー以外にも選択肢はあるのにと思って。牛丼とかカレーとかチキンとか、うどんとか……。あー、俺の発想はチェーン店ばかりだな」

申し訳なさそうに言葉を濁すが、智登世が挙げる食べ物は、どれも美味しそうに聞こえる。そのように困惑する必要は、まったくない。

「私には、満月バーガーは最高のご馳走だ。なぁ宇佐吟」

ちゃっかり敷物に正座して、「そうですとも」と宇佐吟が同意する。そして「ですが」と補足も忘れない。

「塩ラーメンも外せませぬ。サニーサイドアップも、海苔と卵のふりかけも」

そんなのでいいのか？　と、智登世はなにやら物足りないような顔をしているが、「それがいいのだ」と宇佐吟と声を揃えたら、「了解」と快諾してくれた。

いま両手で持ちあげた満月バーガーは、まだほんのり温かい。智登世が保温バッグとやらに入れておいてくれたおかげだろう。

包み紙を半分剝がし、大きな口をあけてガブリ。最初のひとくちで、もう笑顔だ。

「うむ、美味い！　やはり私は江戸前鮨より、ハンバーガーのほうが好きだ」

そして輝夜は、あ、と慌てて口を噤む。食べ物の嗜好を語っただけなのに、なにやら誤解を招くような言い方をしてしまったような気がして、急に恥ずかしくなったのだ。

こっそり智登世を盗み見るが……とくに曲解したようすもなく、ハンバーガーとコーヒーを持って空を眺め、趣味と食事を堪能している。

首筋や頰を熱くしているのは自分だけか……と恥ずかしくなって顔を伏せたら、宇佐吟と目が合ってしまい、それはそれで狼狽した。

「な、なにをしておるのだ、宇佐吟」

「……観測にござりまする」

なにを観測しているのだと訊けば、とくにコレといったものはございませぬと嘯くさまが不穏で、それ以上の追及は控えておいた。

熱い頬を心地よい夜風で冷ましながら、改めて輝夜は、地球に飛ばされた意義に想いを馳せる。形になりそうでならない、つかみどころのない感覚が、ここ数日続いている。

「……のぅ、智登世」

「ん？」

「智登世は……誰かに求婚は、しないのか？」

「求婚？　あー、しないなぁ」

ははは、と軽く笑われた。星を語るときの声とは異なり、なんともまぁ吹けば飛ぶような軽やかさよ。

「なぜ、しないのだ？」

「なぜって、俺がしたいと思っても、相手がいなきゃ話にならない。……こんな草原や山頂で、星を眺めて満足しているだけの男は、女性に見初めてもらうのは難しいよ。天体観測に同行してくれたのは、三回目までだったな」

誰が？　と目を丸くすると、昔の彼女、と智登世が肩を竦めた。仰天だ。

「かのじょとは、女性のことを指すのか？」

「ああ。半年くらいつきあったかな。西東京プラネタリウムに就職が決まった年の秋に別れたけどね」

「け……結婚しておったのか？」

飛びすさる勢いで身構えると、違う違うと笑われた。

「結婚じゃなくて、つきあっていただけ。デートを重ねていただけだ」

三鷹さんと江戸前鮨を食べたように？　と訊くと、そうそうと頷かれた。ひとまず動揺を鎮めるために深呼吸するが、耳はしっかりそばだてる。

「コンパっていう、食事の席で出会ったんだ。趣味は天体観測だと自己紹介したら、向こうから声をかけてくれて、それからつきあうようになった。何度かデートを重ねて、天体観測にも同行してくれて。でも四回目の天体観測に誘ったとき……」

「四回目の、とき……？」

緊張で喉がごぎゅっと鳴った。聞かれたかと慌てるが、智登世は夜空を眺めるばかり。

「虫に刺されるからと、初めて誘いを断られた。虫除けスプレーがあると伝えたら、野外は寒いと返された。熱い飲物を用意すると言ったら、そうじゃないと泣かれてしまった」

「泣かれてしまった？　熱い飲物だけでは凌げないほど寒かったのか？」

そこ？　と笑って智登世がハンバーガーに食らいつき、懐かしむように噛みしめる。

「暗い場所で、ある程度の雰囲気を期待していたそうだ。それなのに毎回星を見るだけで終わって、がっかりした……って。三回目に至っては、つまらない、帰りたいと、ずっと思っていたそうだ。彼女には悪いことをした。どうやら俺は、恋愛には向いてない」

「……向き不向きでは、ないと思うぞ？」

そんなことで離れていく女性のほうが、輝夜には理解できない。自分が好意を持った殿方が、嬉しそうに空を見あげていたら、いつまでもこの時間が続きますようにと願うものではないのだろうか？

だがそれも、智登世がいうところの「美の基準も、人の好みも十人十色」なのだろう。共有する時間を楽しいと感じられるか、嬉しいと喜べるか。それだけだ。

「智登世は星が好きだから、彼女と一緒に見たかった。だが彼女は、星よりも自分を見てほしかった。ただの行き違いだ」

「輝夜……」

「智登世は悪くない。彼女も悪くない。相性が悪かっただけだ。だから誰も悪くない」

三鷹と意思の疎通が図れずに泣いていたとき、智登世はそう言って慰めてくれた。あの言葉に安心して、緊張の糸がプツリと切れ、一瞬で眠りに落ちたのだった。

だから輝夜も、同じ言葉を智登世に捧げる。大切な文を綴るように、心を込めて。

「宇宙はこんなにも広いのだぞ？　行き違って当然だ。それでも縁あって巡り会い、一時を共に過ごせたことこそが、奇跡だと思わぬか？　悪いことをしたなどと後悔せず、感謝だけを覚えておけば、それでよい」

「……ありがとう」

「なんの。祝言（しゅうげん）を挙げる前に、気が合わぬことが判明してよかったではないか」

祝言は早すぎるな、と智登世が笑う。だが輝夜にとっては、つきあう先には必ずメオトになるという景色が控えているから……だから。

智登世が祝言を挙げなくてよかったと、心から思った。

「……初めて、智登世の情けない一面を見た気がする」

真面目(まじめ)に言ったのだが、盛大に噴きだされた。智登世が目尻(めじり)を拭って笑う。

「俺も、こんなことを誰かに話すのは初めてだ。……夜って不思議だよな。普段は忘れているようなことばかり思いだす」

「ああ、わかる。暗くて周りが見えぬゆえ、普段は気づかぬ心の中の灯り(あか)に惹(ひ)かれるのだ。私もそんなときは宇佐吟と縁側に座り、月を眺めながら思い出話をしたものだ」

ふいに心に生じたのは例の、つかみどころのない感情。だが今夜は、無理に追いかけようとはしない。いまこの瞬間のほうが尊く、大切だから。

「人の心も、恒星が放つ光のごとしと思わぬか？　芽生えた感情を捕らえ、咀嚼(そしゃく)し、言葉に至らせるまでに、少しばかり時間を要してしまう。その速さが異なると、誤解を生んだり早合点を招いたりするのだ」

うまいことを言うなと智登世に感心され、照れながらポテトフライを一本つまんだ。

夜空を見あげ、塩加減が絶妙なそれを口の中で潰(つぶ)しながら食べて、見えない月に目をこらす。結局は見つけられずに挫折するが、そこに存在しているとわかっているから……無

理に晒そうとしなくていい。いまはまだ。

ときが来れば三日月になり、半月になり、やがて満月になるのだから。

智登世がコーヒーを飲んでいる。匂いだけで、口の中が苦くなる。この地球にいる間にコーヒーを飲めるようになる日は来ないと思っていたのだが……。

「ひとくち、もらってもよいか？」

訊くと、「いいよ」とカップを差しだしてくれたから、白い蓋の、智登世の唇が触れた位置にそっと唇を合わせ、こくん、と飲んだ。

もうひとくち、あとひとくち。三口飲んだところで、眠れなくなるぞと心配されたが、「まぁいいか」と撤回された。何度も巡ってくる夜の、たった一夜だと智登世が笑う。

「眠れなければ、起きていればいい。明日の休憩時間に仮眠を取ろう」

大らかな意見に賛同し、「朝日で星が見えなくなるまで、ここにいるのも一興だ」と智登世に寄りかかったら、なぜか宇佐吟が神楽笛で、智登世の背中をパカパカ叩いた。そして、ぴょろり〜、ぴょろり〜とムキになって吹くのだが……。

今夜は新月。残念ながら、月も休みだ。

新月が、半月になったころ。

月の魔力か、輝夜の魅力か。一郷からランチに誘われた。

一郷が勤めるハンバーガーショップへ行ったのではない。向こうから西東京プラネタリウムへ来てくれたのだ。「今日はオフだから、輝夜ちゃんに会いにきた」……と。

「会いにきてくださったのですか？　私に？」

驚いて訊くと、一郷が首を縦に振った。頬のあたりをうっすら染めて。そんなふうに積極的に文を交わそうとしてくれると、輝夜だって感情が乱れるし、胸が高鳴る。

そして今日の一郷はハンバーガーショップの制服ではなく、智登世もよく穿くデニムパンツに、先日輝夜が三鷹に贈られた服とよく似た……要するに洒落た格好に身を包んでいる。加えて鍔の長い帽子を被り、輪の形の耳飾りを片方に装着して、それがまた、よく似合っている。

一郷が話しかけてくれたのは、三回目の上映が終わり、客の見送りが完了した直後だ。客が完全にいなくなるまで声をかけない配慮も、じつにありがたい。そして輝夜の顔を見るなり「うす」と挨拶し、「ランチ行かね？」と目的を明確にしてくれるのも助かる。

もちろんすぐさま智登世のもとへ走って理由を告げ、外に出てもいいかどうかを確認した。智登世はドアの前で待っている一郷を見て、軽く手を振ったあと、「行ってこい」と輝夜の背を押してくれた。

許可は出たが、わーい！　と飛び跳ねることはない。なぜなら今日のランチはスーパーでいなり寿司なるものを買おうと、朝から智登世と約束していたからだ。半月に似た形と色だから、それを持って屋上で食べようと。

もし智登世が止めてくれたら……一郷の申し出は、断るつもりでいた。

「食事代、足りるか？」

「ああ、足りる。私の財布は館長からいただいた報酬で、餅のように膨らんでおる」

「そうか。じゃあ気をつけて行ってこい」

優しい笑顔で送りだされてしまったら、行かないわけにはいかない。

「……あ、宇佐吟は」

「ナップザックごと預かっておくよ。午後の上映データの点検もしたいから、昼はここで済ませるよ。宇佐吟も、そのほうがいいだろう。作業台の下で手足を伸ばせるし」

「ああ、そうだな。わかった。では頼む」

後ろ髪を引かれるのは、智登世との約束を守れなかったからなのか、どうなのか。

一郷のもとへ向かう脚を止め、くるりと振り向き、「智登世！」と呼んだ。作業の手を止め、「どうした？」と智登世が顔を上げる。

「いなり寿司は今夜、半月を眺めながら食べよう」

智登世は笑顔で親指を立ててくれた。おかげで、少し気持ちが楽になった。

そして一郷は、さすがはハンバーガーショップのバイトチーフだけある。「休憩は一時間っすよね？　行き先は隣のファミレスなんで、チョー近いんで安心してください。時間までには全力ダッシュで送り届けます」……と、時間と場所を智登世に伝えてくれた。

独特の言葉遣いには戸惑うが、積極的で陽気な態度は好感が持てる。

「そういや輝夜ちゃん。俺のカード、見てくれた？」

そういやの意味は不明だが、枕詞（まくらことば）の一種であろうと解釈した。

「ハンバーガーが入っていた袋の中の、小さな紙のことですか？」

「うん、そう。俺のアドレス。あれ、スルーしてるよね」

スルーの意味は不明だが、先日渡された個人情報のことだと、すぐにわかった。

「アドレス……は、アカウントのことで正解ですか？」

「うん、そう。アカウント」

探りながら会話を前に進めていたら、ネコの顔をした器械が注文品を運んできた。

お待たせしましたニャ！　と甲高い声で挨拶されたが、恐ろしく発達した文明を目の当たりにして震えるばかりだ。それよりも器械の猫がしゃべるなら、兎の宇佐吟が人前でしゃべっても問題ないだろうに。まだまだ地球は理解の及ばないことだらけだ。

「それ、すげー美味そう。秋限定の、さつまいものパンケーキだっけ」

「はい。まるで満月のようだと思い、注文しました。一郷さんのも美味しそうです。ステーキと秋野菜の盛り合わせ……でしたか？」

「普段バーガーばっか食ってるから。休日は肉と野菜でバランス取ってんの、俺」

「バランス……、はい」

一郷の発する言葉が難解で、理解するまでに時間を要する。だがこれも、恒星の光が地球に届くまでの時間差のようなもの。慌てずゆったり構えていれば、ほどなくして地上に到達する。……ほら、ちゃんと届いた。

「普段は摂らない野菜を、休日には意識して摂るのですね。それは、とてもよい心がけです。一郷さんはご自身の体を、とても大事にしていらっしゃるのですね」

え、と目を見開いた一郷が、「いや、まぁバイトチーフだから、ガチで休めねーし」と言ったあと、「輝夜ちゃん、すげー褒め上手」と、耳まで真っ赤になった。

褒めている意識はないが、喜ばれれば、こちらも嬉しい。しかし言葉は難解だ。

智登世との会話のようにポンポンと弾ませたければ、地球外生物であることを告白するしかないだろう。でも智登世の話はもともと脈絡がつかみやすかったから、これはやはり個々の言葉の組みたて方や、語彙の選択や量の違いと思われる。

それにしても賑やかな店内だ。右の席でも左の席でも、子どもたちが元気に跳ね回っている。集中して耳をそばだてなければ、一郷の声が聞きとれない。

「あの……、話が途切れてしまいましたね」

続けましょうと促すと、「食べながら話そっか。時間ないし」と食事を勧めてくれた。こういう配慮は、さすがだ。

「俺さ、フツーは自分のプライベートって、客には教えたりしないけど……」

話しながら一郷が肉を切る。ナイフとフォークという名称は智登世から教わったが、あれはいまだにうまく扱えない。輝夜は「いただきます」と食前の感謝を唱えてから箸を手にし、少しずつ挟むようにしてパンケーキを切った。

「え？　輝夜ちゃんってパンケーキ、箸で食うの？」

「はい、箸です。鮨とハンバーガーは手で食べますが」

ニッコリ笑って返したら、「おもしれー」と笑われた。ハンバーガーショップで客を迎えるときより人懐っこい笑顔で、話をポンポン弾ませる。

「輝夜ちゃん、竹垣さんとこで働いてるっていうから、だったらアカウント渡しても安全って思ったのもあるけどさ。パッと見、俺の推しに激似でさ。去年デビューしたダンスグループのセンターのコなんだけど。それで、すげー気になって……」

ギコギコギコとナイフを動かし、ようやく一口大の肉片を削りとった。それを一郷が口に入れたのを見届けてから、輝夜も最初のひとくちを美味しくいただく。

メープルシロップかけねーの？　と問われ、どれでしょうか？　と訊ねたら、「これ」

と言って……かけてくれて、そこを食べたらさらに美味しくて、「おかげさまで、とっても美味しくなりました！」と感謝したら、「やべぇ可愛い」と一郷が両手で顔を覆った。

再びナイフとフォークを構え、一郷が食事を再開する。輝夜も安心して箸を進める。

「それでさ、スルーされても仕方ねーけど、理由がわかんねーのはヤだからさ。だって俺、竹垣さんとは知り合いだし、気まずい関係にはなりたくないし……」

すみません、と輝夜は一郷の話に割りこんだ。箸を置き、両手を膝の上で揃えて姿勢を正し、「一郷さん」と改めて名を呼ぶ。まずは、基本の誤解を解かねばならない。

「じつは私、スマホを持っておりません」

「えっ？」

ナイフとフォークが宙で止まった。瞬きを忘れた両目は丸く見開かれている。

「ですからスマホを介したやりとりが叶わず、お返事をすることができません。直接一郷さんの勤務するお店へ伺うしか、お目にかかる手段がないのです」

「マジ……？」

この言葉は知っている。本当に？という意味だ。マジですと輝夜も真顔で返す。

一郷がズルズルと座席から傾れ落ち、辛うじて身を戻し、よかった！と破顔した。

「よかった……のですか？　スマホを持っていないことが？」

なにか言葉の解釈を誤ったかと焦燥するも、一郷の笑顔が眩しくて、つられて輝夜まで笑顔になる。さらに一郷は「ひゃっほう！」と軽く小躍りし、再び威勢よく肉を切り始めた。開けっぴろげな感情表現は、なにやら予を彷彿（ほうふつ）とさせる。

「俺、あれからガチでヘコんでさぁ」

「お見受けしたところ、どこもヘコんでおりませんが」

プーッと一郷が笑うから、つられて輝夜もくすくす笑った。

「てか俺、輝夜ちゃんを見た瞬間に、ヤベェ、惚（ほ）れた！　って思った」

「え？　あ、それは……、はい、ありがとうございます」

「で、連絡こねーから、あー絶対嫌われた！　って思ってさ」

「嫌ってなどおりません」

マジ？　と訊かれたから、マジですと返し、メープルシロップにパンケーキを浸し、さつまいものペーストをたっぷり載せて口に運んだ。美味しすぎて頬の内側が溶けそうだ。

これは智登世と宇佐吟にも報告せねば。

「ほんとに嫌ってない？　マジ？」

「はい、マジです」

なぜなら好き嫌いで選別できるほど、文を交わしておりませぬゆえ。

「俺たち男同士じゃん？　でも直感で、いいっ！　って思っちゃってさ」

「私は、性別で善し悪しを決めたりいたしません」

なぜなら月族は兎組、姫組、殿組、殿組派生と、性別の範疇を超えておりますゆえ。

「ってことは、もしかして……脈あり？」

「みゃく？」

みゃくとは、なんぞや。脈診のことだろうか。いつだったか養母が倒れた際、かけつけた医師が養母の手首に指を当て、脈はしっかりしていると言った記憶が。

箸を置き、右手で左手の手首……親指を伝った下あたりに触れ、頷く。

「脈はあります。かなり、はっきりしております」

「えっ？　マジ？　ほんとに？」

脈がなければ、それは死体だ。死体がパンケーキに舌鼓を打つわけがなかろう。

一郷が両拳を握り、喜びを顕わにする。命の躍動を見ているようだ。

「うっわ！　やった！　マジか！」

感嘆語を散々発し、意気揚々と肉を切り刻み、白飯もフォークで掬い、次から次へと口に押しこんでは「ヤベェ俺めっちゃ嬉しい。マジ嬉しい！」と喜びを爆発させている。

なにがそんなに嬉しいのかは不明だが、そうして全力で喜べるのも、食べ進められるのも、体がしっかり脈を打ち、元気に生きているからこそ。

「力があり余っているのですね、一郷さんは。お元気な証拠です」

「輝夜ちゃんの脈あり発言で、俺マジ元気」

「脈があって、私も嬉しいです」

にっこり笑って互いの命を讃えると、一郷が顔から火を噴いた……ように見えた。

「俺が奢る」と一郷に言われたが、昼代は自分で支払った。

気を使っているのではなく、自分で支払えることが、単純に楽しいのだ。

三鷹の進言の翌週から館長が日払い制にしてくれたおかげで、一郷との昼食代のみならず、二藤と休憩ルームで自販機の飲物を買うときも、すべて自分で精算できている。

だが智登世と買い物をするときは、智登世がまとめて払ってしまう。これまでのぶんを精算させてほしいと唇を尖らせても、大きな片手で輝夜の両頬を下から挟み、「文句を言わない」と眉を吊りあげるのだ。

理由を訊けば、「プラネタリウムの社員として言わせてもらえば、東京都の最低賃金と同額では安すぎる」とのことで、賃金の低さを理由に受けとりを拒否しているらしい。

だがそれは、智登世が「被る」ことではないと思うから、それを言われた翌日に、休憩ルームの自販機へ走り、コーヒーを買って智登世に差し入れてみたのだ。すると大層喜んでくれたから、お返しは大成功だ。

誰かに世話になったとき。同等のものをお返しできないとき。そんなときは相手の負担にならないよう、細やかなお礼をすればよいのだと学んだ。相手は輝夜に、稚球の殿方たちのように「見返り」を期待しているわけではないのだから。

さて、一郷に送られてプラネタリウムへ戻ってみれば――――。

正面入口の外で、なぜか智登世がペットボトルのコーヒーを持ち、立っていた。

輝夜と目が合い、とっさに……だと思う。サッと横を向き、手にしていたペットボトルの蓋を開け、飲み始めた。まるで、たったいま外へ出てきたかのような顔で。

足を止めると、「どした?」と一郷に訊かれた。そして輝夜の視線を辿り……「竹垣さんじゃん」と言ったあと、突然、右手を握られた。

殿方と手を繋ぐこと自体、ほとんど経験がない輝夜は、反射的に手を引こうとした。だが、それより速く一郷が大声を放ってしまう。

「竹垣さん!」

一郷が呼ぶから、素知らぬ顔で立っていた智登世もこちらを見ないわけにはいかず、一郷と輝夜が手を繋いでいるところを目の当たりにする。

瞬時に輝夜は身を強ばらせた。いま、とても嫌だと感じてしまった。

理由は、よくわからない。

呼びかけに応じて、智登世が軽く手を上げる。一郷が元気よく右腕を振る。そして左手は輝夜の右手を、強くつかんで離さない。

「なぁ、輝夜ちゃん」

「え？　あ、はい。なんでしょう」

「竹垣さんに報告しとく？」

なにを報告するのかわからないまま引っぱられ、智登世の前に立たされていた。

「……おかえり」

いまの妙な間は、なんだろう。智登世の顔を正視できず、視線が逸れてしまうから、どんな顔をしているのか確認できないまま、「ただいま戻りました」とだけ返した。

「ふたりとも、腹いっぱい食ってきたか？」

「食いまくったっすよ。昼間っからステーキで腹パン」

「……パンケーキを食べてきた。潰した甘い芋が載っていて、美味しかった」

メープルシロップという甘い蜜が、とくに気に入った。今度は一緒に食べよう、そのときは持ち帰りにして、宇佐吟にも食べさせよう——弾むはずだった会話は、輝夜の頭の中で音もなく旋回したあと、湯気のように消えた。

そろそろ手を離してほしい。まだ残暑は厳しいし、なにより智登世の前で一郷と手を繋いでいる居心地の悪さが耐えがたい。早く解放してほしい。

「時間どおりに送り届けてくれて、ありがとう」

智登世の視線が、繋いだままの手に下りて、さりげなく横へ逸れたとき。

まるで果たし合いを挑むような口調で、一郷が報告した。

「俺たち、つきあうことになったんで、以後よろしくお願いします！」

　帰りはスーパーに寄って、いなり寿司を買った。

　一パックに八つも入っている。でも智登世と輝夜と宇佐吟で分ければ、八つでは足りないから二パック選び、持ちあげた。すると、厳(いか)めしい顔つきの高齢店員が跳ね扉から姿を現し、満月に似た黄色い紙を、端の商品から貼(は)り始めて……。

「あっ」

　知っている。あれは二割引のシールだ。月の光が地球に届くまでの時間差で、なんと二割も損をしてしまった！

　立ち竦む輝夜に気づいた高齢店員が、「なにか？」と顔も上げずに威圧する。

「一度手にした商品は、棚に戻さないでくださいよ」

　まだなにもしていないのに、咎めるような口ぶりで牽制(けんせい)してから顔を上げ……輝夜を見て、ぱちぱちと瞬きした。

「……お客さん、プラネタリウムのジャンパーだね」

「はい、プラネタリウムの。制服として、お借りしています」

「その兎を背負って、ときどき昼に来て、弁当を買う子だね？」

「はい、大切な兎ですので、いつも背負っております。先日のお昼は、野菜と肉団子に甘酸っぱい餡(あん)を絡めたおかずと、炒飯(チャーハン)が入った弁当をいただきました」

「ああ、酢豚と炒飯の中華弁当か。あれはうちの人気商品だ」

「やはり、そうでしたか。とても美味しゅうございました」

いなり寿司のパックを両手に持ったまま「その節はご馳走様でした」と頭を下げると、高齢店員が突然ひょろりと手を伸ばし、二割引のシールをペタリ、ペタリと左右のパックに貼ってくれた。今度は輝夜が瞬きをする番だ。

「いいのですか？　ご迷惑ではございませんか？」

「いいよいいよ。その代わり、また弁当を買いにきてよ」

「はい、ありがとうございます！」

それを見ていた他の客が「私のも貼って」とレジカゴから総菜のパックを取りだすが、高齢店員は厳しい声で「後出しはダメ！」と一刀両断だ。……あからさまな贔屓(ひいき)が、ちょっと後ろめたい。

まさかこの高齢店員も求婚者候補のひとりか？　と怖々ようすを窺(うかが)っていたら、やや先を歩いていた智登世が戻ってきて、「お、二割引？」と声を弾ませた。それを見ていた高齢店員がサッと厳めしい顔つきに戻り、くるりと輝夜に背を向ける。

求婚者候補の舞台に立たずして去ってくれて、よかった。ホッとした。

贔屓された申し訳なさは、智登世の好物・ほうれん草の胡麻和えと、輝夜の好物・だし巻き卵と、宇佐吟の好物・パリパリ春巻きと明太マヨスパサラダを購入することで相殺した。すべて割引シールつきを選んでしまったが、そこは勘弁されたし。

精算の列に並びながら、智登世が耳打ちをくれた。

「あの店員は総菜コーナー担当で、厳格で有名なんだ。割引前に手にした商品は、たとえ相手が子供であろうと、頑としてシールを貼らないのに」

得したな、と智登世が片目を瞑るから、輝夜も真似て片目を瞑った。

「だが、おかげでたくさん買ってしまったぞ」

贅沢すぎるだろうか……とレジカゴに入ったパックの山に目を落としたら、智登世が輝夜の頭の上で、ポンポンと手を弾ませた。久しぶりにポンポンが来た！　と跳び跳ねかけたのも束の間――――。

「一郷くんとつきあうことになったお祝いだ」

「……お祝い？」

「ああ。これで月への帰還に大きく前進したじゃないか。よかったな」

智登世の言葉が、いつものようにすんなりとは……響かない。

よかった――――のだろうか？　これは、喜ぶべきことなのだろうか？

今夜は半月だ。あと六日で、満月を迎える。

六日後に輝夜はこの地球から、いなくなるかもしれないのに。

それなのに、よかった――――のか？


翌日も、一郷は西東京プラネタリウムへ顔を出してくれた。

「昼休みにバイクを飛ばしてきた」と、真っ赤に上気した顔で言われ、バイクとはなんぞや……と首を傾げつつ、誘われるままに建物の外へ出てみれば、駐輪場の陰に停まっていたのは、可愛らしい二輪車だった。

「バイクって言ったけど、スクーターね」

訂正して一郷が笑う。彼の笑顔は日射しのように眩しくて、つい目を細めて眺めてしまう。……見たところ、耳の輪っかがない。どうやらあれは休日専用の飾りだったか。

「これに乗って、会いにきてくださったのですか？」

「うん。あ、でも、すぐ仕事に戻らないと」

えっ？　と目を剝く輝夜に、「昼休憩、四十五分しかねーのに、出てくるときにトラブったからマジ時間なくて。トラブルっつっても、客がぶちまけたドリンク拭いてただけだから安心して」と笑い、「あっつー。ヘルメットなんて被りたくねー」と眉を下げる。

「でも免停食らいたくねーし。食らったら、こうやって会いにこれねーもんな」

銀色のそれを頭に被った一郷が、上着のポケットに手を突っこみ、なにかを取りだした。握り拳の中へ隠すようにして、輝夜の胸元へ突きだす。

よくわからずに、両手を伸ばして受けとると……。

「これは、髪を束ねる……ゴムですか？」

手の中に置かれたゴムには、金の渦巻き模様が入った、大きくて黄色い硝子玉がついていた。昼間の太陽を反射して光り、とても綺麗だ。

「これを、私にくださるのですか？」

図々しい質問だろうかと思いつつ、勇気を振り絞って訊くと、照れくさそうに一郷が頷いたから……嬉しくて鼓動が小さく跳ねた。

「初デートで輝夜ちゃんが食った、さつまいものパンケーキ。あれにメープルシロップを回しかけると、こんな感じ」

言われて、「ああ！」と頷いて笑った。一郷も身を揺らして大笑いだ。

「俺、明日の昼も会いにくるから」

「明日も……ですか？」

「だって輝夜ちゃん、スマホ持ってねーだろ？　だから俺、毎日くる」

そう言って髪に触れられた。プレゼントされたばかりのヘアゴムを、一郷が自ら結んでくれて……頬や首筋に一郷の指が触れるたび、殿方との接触に鼓動が乱れる。

こうした動揺が恋に発展するのかどうかは、未知数。単に人と接触することに慣れていないだけだと、自分でもわかっているから、間違えないようにしなくては。

なにせ輝夜は、ずっと屋敷の中にいた。殿方との接見も、御簾越しに、そのお姿を朧気に捉えるだけ。殿方と直に触れあったことなど、ほとんどなくて――。

「………あ」

ふいに蘇ったのは、新月の夜の、天体観測。

智登世が輝夜の背後から、手に手を添えて、星の見方を教えてくれた。あのときは胸の奥がトクトクと跳ね、息が苦しいほどだった。

だがもっと前……初めて地球へ来た夜に、思いだすのも恥ずかしい接触があった。毎日が新しく、覚えることが多すぎてすっかり忘却していたが、智登世と一緒に……宇佐吟もいたが、ともに湯浴みをしたのだった。

いま思えば、平気だった自分が不思議でならない。智登世に全裸を晒し、智登世の全裸を前にして、浴用剤に大はしゃぎしていた。

「なんという羞恥よ……」

自分にしか聞こえない声で、過去の自分を大いに恥じると同時に、自身の内面の変化に気づく。これは「意識の芽生え」なのだろうか、と。

そして、その芽生えた意識の正体とは……。

「……輝夜ちゃん？」

呼ばれてハッと我に返った。妄想と現実との差で心が蹴躓き、体も前につんのめる。

「輝夜ちゃん、顔、真っ赤」

「えっ？　真っ赤？　そうですか？　ああ、あの、はいっ」

「よかった。ゆうべ探し回って、買ってきた甲斐があった。すげー似合う」

「あっ、えっと……ありがとうございます」

「じゃ、また明日」

照れくさそうに、でも急いで去っていく背中を「お気をつけて！」と送りだし、火照った頬を手の甲で冷やしながら、小走りで館内へ戻ってみれば。

入って正面のチケット窓口で、派遣社員が手を振っていた。「お疲れ～」と明るく挨拶をしてくれたあと、「あれ？」と疑問を投げられた。

「なになに。輝夜ちゃんって、あのグループのファンなの？」

「あのグループとは、なんのことでしょう？」

「えーと、ほら、なんだっけ。五人組で、センターのコがツインテールの。輝夜ちゃんのそれ、そのコがPVでつけてるのと一緒」

そう言って、ヘアゴムの硝子玉を指した。

一郷に求愛されたかったわけではない……と言えば、嘘になる。

綺麗ごとを言うつもりはない。輝夜が探しているのは、月への帰還の動力となってくれる殿方だ。月族を呼び、満月の引力と戦える、強く激しい求愛力だ。

「……ぴーぷいとは、なんぞや？」

そこはたぶん、取りあげるほどの問題ではないから忘れよう。

それよりも、輝夜に寄せる一郷の好意が、五人組のセンターの子に似ているからという理由であれば、一郷の求愛力は、輝夜に注がれているとは言いがたい。想いが分散しているようでは、月の引力に遠く及ばない。一郷ひとりで月と張りあうのは……無理だ。

だが輝夜の心を曇らせているのは、それが原因ではない。

だからやはり二藤と三鷹にも参戦してもらい、三人が束になってもらわなければ……などと、目的のために殿方の情を利用しようとする自分の身勝手さに気づき、落ちこんでいるのだった。


とぼとぼと休憩ルームへ足を向け、智登世がいるかも……と見回すが、いない。

ひとりで弁当を買いに出る気も起きず、スナックと飲物で昼食を済ませるべく、自販機の前で物色していたら、ちょうど二藤が入ってきた。いつものように黒いリュックを背負い、白いレジ袋をぶら下げている。

「いたいた、輝夜くん」

「あ。二藤くん。ようこそいらっしゃいました。今日も上映をご覧になりますか？」

「うん、四回目の上映だけ観ようかな。あと少しでここが潰れると思うと、寂しくてさ。いまドームを覗いたら、竹垣さんが作業してたよ。輝夜くんは友達と休憩中って言われたから、ここに来れば、顔だけでも見られるかなと思って」

「友達……は、もう帰りました。私はいまから軽く食事をしようかと」

これを……と、よく智登世が車の中で食べている黄色い箱の栄養食と乳酸菌飲料のペットボトルを見せると、「俺も昼メシ買ってきた」と、レジ袋を持ちあげた。

「では、一緒にいかがですか」

「うん、そうしよう」

意気投合し、いつも座る窓際の席に腰を下ろす。「いただきまーす」と声を揃えたあとは、それぞれに包装を剝がして食べ物を取りだし、頰張る。

「二藤さんのそれは、コンビニのおにぎりですか？」

「うん。ふっくら卵のオムすびって名前。満月っぽくない？」

その真ん丸のおにぎりは、卵で綺麗に包まれていた。ひとくち囓（かじ）った二藤が「月食」と言って笑うから、危うく噴きだすところだった。

「そういや先週、アンタレス食だったって、知ってた？」

「はい、知っておりました。じつは、しっかり観測しました」

　どこで？　と身を乗りだされ、「プラネタリウムの屋上で」と上を指し、館長や智登世やパート従業員たちとともに観測したことを嬉々として報告した。いいなぁ！　と二藤が羨望の眼差しを輝夜に向ける。

「でも、ここの勤務って五時半までだろ？　月がアンタレスを隠し始める時刻とほぼ同じだよね。間に合った？」

「はい、間一髪でしたが、間に合いました。事前に館長が屋上で、三台もの天体望遠鏡を設置してくださっていたので、皆で仲良く交代で観測することが叶いました。蠍座の一等星アンタレスを月が隠してゆく現象は、とても興奮いたしましたよ」

「俺も見たかったなぁ。俺、予備校の講義の真っ最中でさ」

　観ることは叶わなかったのか。自慢のように報告して、申し訳ないことをした。

　新月は観たけど、と二藤が声を弾ませるから、もしかしたらこれも自慢に聞こえてしまうだろうかと懸念しつつも、「新月の夜には自然公園の真ん中に天体望遠鏡を設置し、天体観測をしました」と告げてみた。

　すると二藤は我がことのように目を輝かせ、新月に対する想いを聞かせてくれた。

「新月の夜は暗いだろ？　だから、いろいろうまくいかなくて落ちこんでるときは、その暗さに引きずられるっていうか、考え方が陰気になりやすいんだけどさ。でもじつは新月って、本当はゼロからのスタートなんだ。心機一転ってやつ」

「心機一転……ですか。新月が？」

「うん。じつはそれも竹垣さんの解説で知ったんだ。これから新しい月が始まるって。新月は何度でも満月を目指し、再スタートを切る努力家の象徴だって。……俺、そのころ成績がどん底でさ。でも、見えないはずの新月が見えた気がしたんだ、心の中に」

「そうだったのですか……」

智登世の言葉が、嬉しい。我がことのように誇らしい。

この宇宙は繋がっている。だから光を発し続けてさえいれば、それを必要としている誰かに、いつかは届く。智登世の言葉が二藤の胸を照らしたように。

宇宙と、人の気持ちは、やはり似ている。

「このような言い方で失礼でなければ、二藤さんは努力を惜しまずコツコツと前進する、新月のような人です」

力をこめて頷いたら、見開かれた二藤の目が半月になり、三日月になり、さらに細い二日月になった。

新月の動きとは逆だが、まるで恒星のように自ら輝く、とても明るい二日月だ。

◆◆◆

月曜の朝――西東京プラネタリウムの定休日。

珍しく輝夜にせがまれた。一郷さんの勤務するハンバーガーショップへ連れていってはもらえぬか……と。

満月まで、あと五日。相手の来訪を待つのではなく、自分から動かなければと焦っているのだろう。

昨日は昼に、短時間だが一郷と会い、ヘアゴムをプレゼントされたと聞いた。休憩ルームでは二藤と飲食をともにして、宇宙の話で盛りあがったとも報告を受けた。だから、月への帰還に向けて順調に進んでいると思っていたのだが……。

だが、いま「連れていって」と智登世にせがんだ顔は、恋人に会うことを喜んでいるようには到底見えず、それどころか、悩みを抱えているような顔つきだ。

「どうした、輝夜。腹でも痛いのか？」

訊くと、「腹の調子は、すこぶるよい」と返されたから、健康面は心配ない。

「一郷くんと喧嘩でもしたのか？　昨日、短時間しか会っていないだろう？」

「それは一郷さんの休憩時間が短かったため、早々に切りあげたのだ。喧嘩ではない」

「じゃあ二藤くんと、なにかあった？」

「毬のようにポンポンと話が弾んだ。いつもと同じく、有意義な時間だった」

「じゃあ、三鷹さんか？　そういえば、新宿で別れてから顔を見ていないな。俺じゃなくて館長経由で、なにか連絡は？」

「ない。だが、西東京プラネタリウムは今週で閉館だ。預けたままの服を、返却にきてくれると信じている。よって近日会えるだろう。……とにかく私は、大丈夫だ」

大丈夫だと言いつつも、やはり顔色は冴えない。なにか智登世に言いづらい問題を抱えているのではないかと心配になる。恋愛ごとに口を挟むのは無粋と知りつつ、根掘り葉掘り訊きたくなる。

「……じゃあ朝飯を兼ねて、いまから送るよ。でも一郷くんは勤務中だろ？　仕事中にデートは無理だと思うぞ？　……あ、わかった。働く姿を見たいんだな？　だったら輝夜だけ店に置いて、俺は退散するか。一時間後に迎えに行ってやるから。それでいいか？」

頬をつついて冷やかしたら、目を吊りあげて睨まれ、慌てて手を引っこめた。

「すぐに済むから、駐車場で待っていてほしい」

そう告げる顔は、いまにも泣きだしそうだった。

ミニバンを駐車場に停め、窓を開け、初秋の秋風に吹かれながら待つこと約十分。

たった十分で、求婚者候補との逢瀬を終えて戻ってきた輝夜が、助手席に飛びこんでドアを閉めるなり、ポロポロッと涙を零した。

慌てた智登世は、サイドボックスからティッシュを数枚引き抜いて輝夜の顔に押しつけた。いつぞやのようにそれを両手でつかみ、涙と鼻水を拭いながら、輝夜が声を震わせた。

「胸が痛いぞ、智登世！」――と。

そして智登世は、いま気づいた。昨日一郷からプレゼントされたヘアゴムを、輝夜がつけていないことに。そのメッセージは定かではないが、相手を喜ばせることが目的で会いに行くなら、身につけていてもおかしくはない。

輝夜を傷つけずに言葉を引きだすには、どうすればいいか……と模索していたら、輝夜がしゃくりあげ始め、模索などと呑気に構えていられなくなった。

「まさか、一郷くんに振られたのか？」

ストレートな質問は、「そうではない」と却下されてひと安心だが、だったらなぜ泣いているのか。疑問に疑問を重ねていたら、輝夜が、とても輝夜らしいことを言った。

「そうではないから胸が痛いのだ。最初から断ると決めているのに好かれようなど、よくよく考えれば酷い話ではないか」

頭ではわかっていたが――目から鱗だ。

それをしなければ故郷に帰れない事情があるなら、そこは目を瞑って応援しようと思っていたのだが、いま輝夜が放ったセリフは正論だ。

そして輝夜は、こうも言った。それを気づかせてくれたのは一郷だ、と。

「一郷さんはセンターの女の子と、私の姿を重ねている。一郷さんが好きなのは、センターの女の子に似ている私だ。それを知った瞬間……私は少し傷ついた。だが、じつは私も我欲を満たすためだけに、一郷さんを利用していたのだと覚り、さらに傷ついた」

「お前の言うとおりだ。事情を知りながら意見しなかった俺も悪い」

ごめんな、と謝ると、輝夜がふるふると首を横に振った。

振られる側が傷つくぞと、最初に意見してやればよかったのだ。だが、だからといって輝夜を月へ帰す方法が他にあるかと問われれば……思いつかない。

「……一郷さんは、おそらく自覚のないままに、私に告白してくれたのであろう。だが私には自覚がある。その差は大きい。初めて私は自分を……嫌悪した」

「最初に輝夜に声をかけたのは、一郷くんだ。そこは、輝夜が気に病むことじゃない」

「だからいま、断ってきた」

「断ってきた……って、まさか」

「そのまさかだ。おつきあいはできませんと断った」

求婚者候補の矢が一本、折れた。

それって重大な損失では……と、思わず満月までの日数を指折り数える。

「ごめんなさいと謝罪して、いただいたヘアゴムをお返しした。一郷さんは呆然としていたが、こっちこそ悪かったと受けとって、笑顔で見送ってくれた」

「笑顔で送りだすとは、さすがはハンバーガーショップのバイトチーフだ」

言ってから、あまりにも中身のない返事に恥じ入った。恋愛ごとに疎すぎる。そしてやはり、どうしても気がかりな大問題を取りあげてしまう。

「でも輝夜、満月は五日後だ。これを逃すと次の満月は十月末で、でもその日は部分月食だから光が弱くて……あ、違う！　そのときはもう西東京プラネタリウムは閉館しているから、輝夜の世界と繋がれるルートが……帰還の道が、断たれたも同然だ」

なんとしても中秋の名月で帰らないと！　と慌てふためく智登世の横で、輝夜が両手で顔を覆う。

「私はもう、どうすればよいのかわからぬっ！」

感情が迸（ほとばし）りすぎたのか、頭から耳が飛びだした。慌てて智登世は窓を閉め、ミニバンを発進させた。

兎耳のカチューシャを装着しているようにしか見えない輝夜の頭を、何度も撫でて落ちつかせようとするが、耳はなかなか引っこまない。車の中で助かった。これが公共の場だったら、誤魔化すのにひと苦労だ。

一刻も早く帰りたいが、いま白バイに捕まるわけにはいかない。智登世は自宅マンションへの道のりを、制限速度を死守しながら慎重に進んだ。

「気を悪くせずに聞いてくれ、輝夜。じつは俺は三鷹さんが、帰還への鍵を握っているとばかり思っていたんだ」

「なぜだ？」

「新宿のデートの最中、輝夜がきらきらして見えたから」

「――――この鈍感めっ！」

いきなり後部席から身を乗りだしたのは、例によって宇佐吟だ。ナップザックに入れて後部席に座らせておいたのだが、ぬいぐるみ状態も限界とばかりに捲したててくる。

「輝夜どのは常にきらきらしておりまするぞ！　きらきらしておるから殿方が集まってくるのが、わからぬか！　外見だけではない、内面もじゃ！　竹垣に見えぬだけじゃ！」

本当に？　と訊くと、「本当じゃ！　貴様の目は節穴もしくは新月か！」と、うしろから神楽笛でポカポカ叩かれ、一方的に責められて……。

そうか、と。なにかがストンと心に収まった。

宇佐吟の言うとおり、新月だ。そこにあるのに、見えていなかった。

だが智登世にも、あの新宿の夜には、輝夜のきらきらオーラが見えていた。さらに挙げるなら新月の天体観測でも。月のない夜空を明るく感じたのは、星ではなく輝夜の存在。

夜空を見つめる輝夜の、その大きな瞳こそが、あの夜の一等星だった。

自分の気持ちがわからなかったのは、輝夜ではなく……。

どうやら、智登世のほうだったらしい。


このままどこかへ出かけるか？　と訊ねると、智登世の部屋でゆっくりしたいと、輝夜が言った。

「閉館まではフル出勤だ。休みは今日だけだから、行きたいところがあるなら……」

「智登世の部屋がいいのだ。そのほうが宇佐吟も自由に過ごせる。のう宇佐吟」

「……わたくしは、どこでも構いませぬ。月以外は、どこも同じでございまする」

ふて腐れた口調は相変わらずだ。では決まりだ、と輝夜が微笑む。「あの部屋が一番落ちつく」と。

だから智登世は提案した。それなら輝夜がたくさんの……それこそ星の数ほどの楽しい思い出を持ち帰れるように、一緒に料理をしよう、と。

「なぜ料理を？」と訊ねられ、「月にはスーパーもコンビニも、ハンバーガーショップもないからだよ」と答えたら、「食べたくなったら自分で作らねばならぬのか！」と驚愕したあと、「いつか月にも、それらの支店ができるといいのう」と笑わせてくれた。

マンションへ帰る前にスーパーへ寄って、野菜や肉を物色した。

普段料理をしないから、なにをどうすれば美味しいおかずができるのかわからない。参考までに総菜コーナーを覗いていたら、例の厳めしい店員が、いつの間にか背後に立っていてギョッとした。

「弁当か？」

「あー、といいますか、初心者でも簡単に作れそうなメニューの参考を……」

総菜コーナーは料理本か！　と怒鳴られるかと、先に首を竦めておいたのだが……。

「どういったものを作りたいんだ」

「え？　あ、えー、野菜をたくさん摂れるものが、いいかなと」

「鍋(なべ)はどうだ」

「鍋……は、残暑も厳しいので、冬になってからでいいかなと。それに野菜の種類が多すぎると、使い切れずに腐らせそうで……。本当に、恥ずかしいほど初心者なんです」

「……スライサーやピーラーは持っているか？　包丁は扱えるか？」

「スライサー？　ピーラー？　……は、持っていません。包丁は、ネギを切る程度なら」

情けない！　と叱(しか)り飛ばされるのを覚悟して白状すると、店員は厳つい顔つきのまま口を真一文字に結び、智登世たちを調味料の棚へ連行した。

「寿司酢は持っているか？　ない？　そしたら一本買っときな。米しか食うものがないとき、こいつがありゃ酢飯が作れる。刺身を買って上に載っけりゃ海鮮丼だ」

　おおお！　と感動していたら、「呆れるほどの初心者だな」と完全に呆れた顔で言いながら、プライベートブランドのもっとも安価な一本をレジカゴに入れてくれた。

　マヨネーズと胡椒は？　と訊かれ、持っていますと返したら、「だったら一品すぐに作れる」と店員がふんぞり返り、今度は野菜売り場へ誘導された。そしてキャベツを半玉と人参を一本選び、智登世のレジカゴへ入れてしまう。

「じゃあ耳の穴をかっぽじって、よーく聞きな。いまレジカゴに入れた野菜を、それぞれ半量ずつ使用する。キャベツはサッと洗い、人参は皮を剝き、それぞれ千切りにする。千切りってのは、細切りにしたカット野菜だ」

　これだ、とカット野菜を指して教えてくれた。具体例が非常に助かる。

「千切りにしたらポリ袋に入れ、塩をパッパッ。軽く全体に馴染ませて十分置く。十分経ったらポリ袋ごとぎゅーっと搾って水気を切る」

　野菜コーナーに設置されているホルダーからポリ袋を一枚抜き、動作を交えて教えてくれるから、パッパッが二振りで、馴染ませるときはポリ袋に空気を含ませ、口を捩って振ればいいと理解した。輝夜が高齢店員の手つきを真似て、話に夢中になっている。

「そこへマヨネーズをちゅー、ちゅー、ちゅー。胡椒をパッパッ。寿司酢をダバッ。ポリ袋ごとよく揉みこんで混ぜあわせれば、手を汚さずにコールスロー二人前の完成だ」

　すごい！　と大絶賛で手を叩くと、いつの間にか集まってきていた他の買い物客も一斉に拍手だ。何人かがキャベツに手を伸ばし、楽しい一体感が生まれている。

気をよくしたのか、店員が朗々と補足する。

「好みでハムやトウモロコシを入れてもいい。主菜に迷ったら、肉や魚を焼きゃあいい。塩胡椒すりゃ、みなご馳走だ。汁物が欲しけりゃ、だし入りの味噌(みそ)やめんつゆを湯で薄めて、ネギでも散らしておけばいい。難しく考えず、気楽にやんな」

ありがとうございます、と会釈する智登世の横で、「総菜の達人でございましたか。おみそれしました。私も精進いたします」と、輝夜が深々と頭を下げる。達人の称号にまんざらでもない顔をした店員が、「どういたしまして」と顔に深いシワを刻んだ。

輝夜のきらきらは、どうやら伝染するようだ。

輝夜本人だけではなく、傍(そば)にいる人にまで、輝きをお裾分(すそわ)けしてくれる。


部屋へ戻ると早速キッチンに立ち、コールスロー作りに取りかかった。

人参の皮を剝くのは手間取ったが、千切りは丁寧かつ均等にできた。輝夜がポリ袋を広げて待機しているから、そこへ野菜を移し、塩を振る。あとは輝夜にお任せだ。

続いてパックご飯をレンジで温め、寿司酢を振って切るように混ぜ、置いておく。その間に湯を沸かし、だし入りの味噌を器に絞りだした。

　宇佐吟はといえば、ソファに座って窓を向き、神楽笛を吹いている。

　宇佐吟も……というより、宇佐吟こそ、月が恋しくてたまらないのだろう。なにせ輝夜の護衛に選出される直前までは、月で普通に暮らしていたと聞く。十歳で稚球に出向した輝夜よりも、月での思い出は潤沢だろう。

　思い出は、場合によっては少ないほうがいいときもある。

「宇佐吟、できたぞ」

　声をかけると、指示をせずともスタスタと洗面所へ移動して手を洗い、「皿と箸は用意いたしましたゆえ」と、ただ神楽笛を吹いていただけではないことを主張された。

　輝夜にべったりだった一時期を思えば、いまの宇佐吟は適度な距離感を保っている。智登世への警戒を解いてくれたのなら、喜ばしい変化だ。

　さて、輝夜が調味料を担当してくれたコールスローは、いい具合にしんなりしている。見るからに美味しそうだ。

「総菜の達人どのに、うまくできたことを報告せねば」

　ポリ袋から小鉢に取り分けながら、輝夜が嬉しそうに声を弾ませる。

「そうだな。きっと喜んでくれる」

　酢飯はそれぞれの茶碗(ちゃわん)に分け、刺身を載せた。智登世の茶碗には、チューブの山葵を少し。うへぇ……と輝夜が顔を歪(ゆが)めるから、わざと鼻先にチューブを近づけてやったら、鼻をつまんでイーッと歯を剝かれた。あとは味噌汁。こちらは湯を注ぐだけで完成だ。

「さ、食おう」

本日の夕食をテーブルまで運び、定位置に腰を下ろす。そして、いただきますと手を合わせる。ひとり暮らしでも「いただきます」と唱えていた智登世だが、こうしてみんなで声を揃えると、食事の時間も楽しく感じられる。

「うん、美味い。人参もキャベツも柔らかい」

「ハンバーガーショップにも引けを取らない完成度じゃ。達人どのに感謝せねば」

「味つけの担当は、輝夜どのでございましたな。さすがは輝夜どの。雅楽のようでございますなぁ。この酢飯も、完璧な味にございまする」

「酢飯の担当は、俺」

へへっと笑って自分を指すと、宇佐吟がムキーッと前歯を剝きだし、「酢が薄い！　貴様、酢をケチったな！」とブチ切れられた。

こんなふうに和気あいあいと食卓を囲むのも、今週かぎり。一カ月近く続いた生活も、あと少しで終わると思うと……。

「寂しくなるな」

美味しいものを前にすると、気持ちが素直になるのは人間の性だろうか。

「……智登世は、西東京プラネタリウムが閉館したら、どうするのだ？」

「俺は、池袋のプラネタリウムに再就職が決まっている。今度は片道四十分以上の電車通勤になるから、身辺が落ちついたころ、もっと近くへ引っ越す予定だ」

「……穏やかな暮らしになるといいな」

「ありがとう。輝夜も月へ戻れるといいな」

吹っ切るように言って、黙々と食べ進める。

「……のう、智登世」

「ん？」

「もし月族が私を見つけられず、迎えの使者が地球へ辿りつけなかったら……」

「なにを仰います、輝夜どの！　そのような由々しき事態は決して起きてはなりませぬ！　一日も早く帰還して御子を成さねば！　こうしている間にも故郷の月族は兎組だけになり、人型が滅亡いたしまするぞ！」

わかっておる、と宇佐吟を諌めるように苦笑いした輝夜が「もしもの話だ」と静かに呟く。不安か未練か、輝夜の新月は、輝夜にしか見えない。

「もしものときは次の満月まで、私をここに置いてはくれぬか？　閉館によって時空の穴は塞がれたとしても、異なる手段が、なにかしらみつかるかもしれぬゆえ……」

智登世は手を伸ばし、輝夜の頭にポンポンと触れて「ＯＫ」と返した。

輝夜が目を潤ませる。一瞬見惚れてしまったが、涙は苦手だ。手を下ろして箸を持ち、涙には気づかなかったふりで食事を再開する。

「……――――よかった」

吐息かと錯覚するほどの儚い声で、輝夜が微笑んだ。

……微笑んだように感じただけで、もしかすると、涙を零したのかもしれない。

◇◇◇

プラネタリウム閉館、四日前――――水曜日。

午前の上映が終わったころ、扉口から上映ドームを覗いている二藤を発見した。

「休憩ルームでお茶しない?」と明るく声をかけられて、「行ってこい」と智登世にも背を押され、通勤途中のコンビニで買った卵サンドを持って、「よろしくお願いします」と駆けよる。

そして輝夜は、あれっ?　と目を丸くした。なにやら二藤が変化している。背負ったリュックはいつもと同じだ。服装も、いつものTシャツとデニムなのだが……。

覗きこむように観察して、「あ!」と頭を指した。

「髪、ずいぶん短くしたのですね!」

「夏だから。じゃなくて、じつは別れてさ。彼女と」

ははっと二藤が笑った。別れたのであれば笑いごとではないだろうと意見するより、彼女がいたのか！　という驚きが先に立つ。それよりも、別れるときは髪を切るのか？　どの方向から攻めようかと迷い、衝撃度が低いと思われる髪の話題を選択する。

「別れの際は髪を切る風習があるのですか？」

「風習ってわけじゃないけど、女子は失恋すると髪を切るっていうからさ。なんか、俺もやってみようかなって思ってさ」

そうでしたかと相づちを打ち、またひとつ、この世界の不思議を学んだことに満足して、ふたり並んで休憩ルームへと向かう。

途中、お客様とすれ違うたびに「いらっしゃいませ」と頭を下げ、勤務中のスタッフには「休憩、入ります」とひと言添える。このやりとりも、すっかり慣れた。

休憩ルームに入ると、親子の団体が一角を占め、賑やかな声が弾んでいた。もともと明るい休憩ルームだが、子供の声が加わると、さらに明るくなるから不思議だ。

輝夜と二藤は自販機でそれぞれ飲物を買い、空いた席に腰を下ろした。

今日はミートスパゲティを買ってきた二藤が、付属の粉チーズを振りながら言う。

「彼女はストレートで大学に受かって、俺は不合格で予備校生でさ。向こうは大学のサークルで忙しいし、だんだん話が合わなくなってさ。あーもう終わるなーっていうのは、前から感じてはいたんだけど」

「話が合わないのは、つらいですね。それまで気持ちが合っていたなら、とくに」

「まぁ、覚悟はしていたからさ。早かれ遅かれってやつ。……髪は、長めが好きって彼女が言うから伸ばしていただけだし。短いほうがすぐ乾くし、手入れも楽だし」

「短い髪、とても似合いますよ。爽やかです」

讃えると、二藤が髪に手をやり、「そこのスーパーの敷地内の、十五分のクイックカット。初めて入ったけど結構うまく切ってくれてさ」と、照れくさそうに笑った。

「……もう、このプラネタリウムも閉館かぁ」

しんみりと言われ、黙って頷き、サンドイッチをぱくりと咥える。唇に触れる食パンの優しい感触に、なぜか感情が刺激される。

ここでの仕事は楽しかった。接客は自分に向いていることもわかった。自分には、こんなことができるのかという発見にも繋がった。楽しいことが多すぎた。

恋しがってはならぬとわかっているのに、この世への未練で心が軋む。

「最終日まで働くんだっけ？　ここが閉館したら、他のプラネタリウムへ移るの？」

「いえ。このプラネタリウムが閉館する前日に……国へ帰る予定です」

寂しくなるなぁと呟いた二藤が、スパゲティをフォークに巻きつけて首を傾げる。

「ところで輝夜くんの国って、どこ？」

いきなり訊かれ、卵サンドを危うく噴きだすところだった。ゴホゴホと噎せながら胸元を拳で叩き、乳酸菌飲料で流しこんで、しどろもどろで返事を引っぱりだす。

「えーと、国は、月ということにしておいていただけると助かります」

優しい二藤は、「輝夜くんらしいな」と笑って受け流してくれた。

そして、互いの近況報告で盛りあがっているうちに、休憩時間が終了した。

「予備校の講義が詰まってるから、ここに来るのは今日が最後だけど、楽しかったよ」

「私も、とても楽しかったです。国へ帰っても、二藤さんのことは忘れません」

「……輝夜くん、スマホ持ってなかったよね。連絡したいときは、どうすればいい？」

訊かれて少し迷ったが、「智登世に伝えてくれれば」と返した。

「私の通信手段は、文をしたためるしかありませぬゆえ……届くまでに時間がかかるかもしれませんが」

遠い恒星の光のごとしだね、と歌を詠むように二藤が微笑む。

「智登世は、プラネタリウムに再就職が決まっています。池袋だと聞きました」

「あ、そこ知ってるよ。じゃあ輝夜くんとも、いつかまた会えるね」

はい、また。いつか、きっと――――。

別れの言葉を交わしたあと、二藤は眩しいほど爽やかに去っていった。

見送ってから、気がついた。

輝夜にとって二藤は、いつの間にか、とても大切な友人になっていたことに。

プラネタリウム閉館二日前、木曜日。満月まで、あと一日。

今度は三鷹が、わざわざ上映ドームに顔を出してくれた。業務のついでに、元気かなと思って……と、ぎこちなく笑みを引きつらせて。

「あれ？　三鷹さん？　あ、えっと……、わざわざ、どうも」

智登世が操作台から客席へ下り、わざわざって言い方は厭味か……と小声で反省し、改めて「先日は失礼しました」と頭を下げた。

三鷹がコホンと咳払いして「こちらこそ、失礼した」と謝罪に応じるが、どうも視線が定まらない。「三鷹さん、休憩ルームへまいりましょう」と輝夜から誘ったのは、智登世も三鷹も、どちらも気まずそうだったから。

休憩ルームへ向かう途中で、三鷹の歩調が緩くなり、止まった。……知っている。三鷹は自販機の飲物は口にしない。いつも事務所で、ボタンを押せば豆が挽かれ、自動的に抽出される薫り高いコーヒーを飲むのが好きなのだ。

チラシの陳列棚の角で立ち止まり、輝夜は両手を腹の前で揃えた。三鷹は忙しい人だから、腰を落ちつかせる場所よりも、立ち話で済ませるほうがいいだろう。「ここでお話を」と前置きしてから見あげると、ホッとした顔で三鷹が賛同した。

「いつも時間がなくて申し訳ない。先日は……その、悪かったね」

言われて輝夜は、首を横に振った。悪かったのは私です、と。

「あのような場に慣れておらず、自分の適所がわかっておりませんでした」

「無理をさせてしまった、かな？」

先に言ってくれたから、はい……と認めて俯いた。せっかくの気配りに応えられなかった不相応さと、自身の勘違いによる発言を思いだし、ただ恐縮する。

三鷹は少々強引だが、見方を変えれば、物事をてきぱきと運ぶ能力に長けている。おそらくそれは、多忙な環境に置かれている間に身についた性分だ。

もっと時間がありさえすれば、求婚者候補としてではなく、信頼のおける上役として、経験豊富な三鷹から、たくさんの助言や知恵を授かることもできただろうに。

「ご覧のとおり、私は大層な未熟者です。まだまだ経験が足りませぬゆえ、三鷹さんの意向を汲めずにおりました。申し訳ございません」

深々と頭を下げると、ふぅ……とため息が聞こえた。愛想を尽かされたかと、おそるおそる顔を上げると、その端整な顔は困惑の笑みを浮かべていて……要するに、なにもかも赦してくれる大人の表情だった。

そして、「忘れ物」と言って手提げ袋を差しだしてくれた。受けとってみれば、中には初デートのときに着ていった輝夜のTシャツとオーバーオールが入っている。そして、可愛らしい籐かごに入った焼き菓子も。

「気疲れさせたお詫びだ」

「お詫び……？」

お詫びをするのは、輝夜のほうなのに。

「なんのお返しもできずにおりますのに、申し訳が立ちません」

目を瞠った三鷹が、プッと吹いた。そして言うのだ。「やっぱりきみは面白いね」と。

その口調は、すっかりいつもの三鷹だった。揶揄すら自信に満ち溢れ、三鷹らしくて、いいなと思う。輝夜が気を使って疲弊したように、三鷹も輝夜が相手では、なにかとやりにくかっただろうと推察する。

欠けゆく月が新月になり、また新しい関係が始まる。月は、人の心の写し絵だ。

「輝夜くんとの立ち話は楽しいから、充分返礼に値する。だから気にしなくていいよ」

「では、気にせずにおきましょう」

ははは、と三鷹がまた笑う。笑ってくれれば、輝夜も嬉しい。

「ボランティアスタッフを終えて大学へ戻っても、その調子で頑張れ」

「はい、頑張ります。長らくお世話になりました。三鷹さんも、お元気で」

片手を上げ、三鷹が颯爽と去っていく。背筋を伸ばし、悠々と歩く姿が三鷹らしい。

人は、その人らしくいるときが、もっとも輝いている。

勤務を終えると、智登世が言った。今日の晩メシは、輝夜と宇佐吟が一番食べたいものにしよう、と。

「塩ラーメン！」

宇佐吟と輝夜の希望が一致した。えええ……と困惑しているのは智登世だ。

「焼肉とか鮨とか、もっとご馳走をねだってくれていいんだぞ？」

「私には塩ラーメンがご馳走だ。のう、宇佐吟」

「さようにございまする！　ハムも欠かせませぬぞ。海苔と卵も」

「海苔と卵、私も大賛成だ！」

本当にそれでいいのか？　と、しつこいほど智登世が問うてくるから、輝夜は勇気を出して、さらに希望を上乗せした。

「では、ふりかけご飯も追加だ。明日の昼は満月バーガーのセットも食べよう。ああ、なんという贅沢三昧じゃ。ご馳走が輿を担いで向かってくるようだ！」

喜びのあまり両頰を押さえると、「俺のせいで、地球のご馳走の概念が……」と、智登世が頭を抱えた。

車道の反対側にあるスーパーへミニバンで移動する間に、輝夜は冷蔵庫の中にある食材をひとつずつ挙げた。

「米はある。ネギも少々。卵は確か四つあった。あとは先日のキャベツと人参が、まだ半分残っている。あれで私がコールスローを作ろう」

提案すると智登世が首を横に振った。いらぬのか？ と訊くと、微笑みを浮かべて言うのだ。「明日の晩、月へ帰るんだろ？ 今夜は俺が作ってやるよ」と。

「……なぜだ？ いままで力を合わせて作ってきたではないか」

「今夜は荷造りがあるだろ？ メシは俺が作るよ。最後の夜くらい、のんびりしろ」

最後――と、断定されると困惑する。だが智登世は以前、輝夜が月へ帰ることを「よかった」と言ったから……長居は迷惑だと承知している。

「だが私は……帰れる自信がない。なぜなら一郷さんも二藤くんも三鷹さんも、求婚者候補ではなかった。求愛力を蓄えぬまま明日を迎えても、果たして月が私を発見できるかどうか……。一度は時空が繋がったが、宇宙には星が無限にある。容易にはいかぬ」

スーパーの駐車場に到着し、智登世が車を停める。そして前方を見据えたまま、ぽつりと言った。俺がいるよ、と。

輝夜は目を瞬いた。どういう意味だ？ と訊くより先に、智登世がこちらを向いた。その視線の真摯(しんし)さに胸が詰まり、輝夜がきゅっと口を噤むと……。

「好きだよ」

「……え？」

いつもなら、智登世の言葉は、水のように浸透するのに。

なんのことだか、すぐには理解できなかった。

「輝夜が好きだ。気がついたら、好きになっていた」

智登世の告白を理解するまでに要した時間は、太陽の光が地球に到達する時間と同じくらいだろうか。

言葉の重大さに気づいたとたん、体内を巡る血が激しく暴れ、鼓動が暴走した。なにやら熱い塊が喉まで迫りあがってくると焦ったら、兎耳がぴょんっと飛びだした。

「え、あ、えっと……」

耳を押さえ、とっさに後部席の宇佐吟を探すが、こんなときにかぎって寝たふりだ。さっきまで晩餐について意見していたくせに！　と、耳をつかんで揺さぶりたくなる。

「おっと、いまは振るなよ？　振るのは明日、最終上映が終わってからだ。前回と同じ状況になってから、改めてお前に告白する」

頭の中が大混乱を起こしているのに、智登世は容赦なく、次々に愛の矢を射る。

「だからお前は明日、手加減抜きで俺を振れ。そして……月へ帰れ」

唖然とする輝夜に、智登世が片目を瞑ってみせる。なぜいつもどおりの表情で、思いもよらないことを告白して、さっさと蹴りだしてしまうのだろう。

「待て、智登世。最初に試したとき、嘘は効かぬとわかったではないか」

「嘘じゃなくて本心だ」

「本心…？」

信じられなくて訊き返すと、智登世がフッと微笑んだ。

「俺が本気をだせば、愛の力は三人前だ。もしかしたら三人前より多いかもな。だから月は、間違いなく輝夜を見つける。中秋の名月なら俺も、相手にとって不足はない」

最後の最後に、とんでもない一撃を放たれて、顔から火を噴きそうだ。もしかしたら実際に、炎に包まれているかもしれない。それほど耳も頬も熱い。

その熱さは輝夜の心へも飛び火し、頭の中を真っ白にしてしまう。

「だから今夜は輝夜たちにとって、地球で最後の晩餐だ」

そんな理由で、最後の晩餐だと決めつけられても……。

衝撃が大きすぎて、頷くことすら躊躇(ためら)われる。


智登世はスーパーへ、ラーメンを買いに行っている。

塩味だけではなく、みそ味としょうゆ味もお勧めだそうだ。パックご飯もレトルトのハンバーグもハムも、胡椒も寿司酢もマヨネーズもめんつゆもリュックに詰めて、月への土産に持たせてくれるそうだ。

その間に輝夜はといえば、二藤から教わった髪結いの店で髪を切ってもらった。もちろん耳を引っこめてからの話だ。

ミニバンに戻るのは、智登世のほうが早かった。さっき、あんな重大発言をしておきながら飄々としているのは、気持ちの整理をつけたからに違いない。開き直っているというか、最初から諦めているというか。

言われた輝夜が、これほど動揺しているのに。

「……はなから勝負を投げていては、月と対等に引きあえぬぞ？　また別の世界へ飛ばされたらどうしてくれる。誰が責任をとるのだ」

口では文句を唱えるが、輝夜は智登世を信じている。だからたぶん……帰還できる。

空は、もう暗い。満月は明日だが、今夜の月もなかなかに美しい。天気予報では、明日は雲ひとつなく、絵に描いたような名月になるらしい。

なにもかもが、帰還に向けて整ってゆく。早く月へ戻りなさいと、全宇宙が輝夜の背を押しているかのようだ。

好きだと告白してくれた智登世さえも、輝夜の帰還を応援している。

煌々と照る月から目を背け、智登世の待つミニバンへ戻り、助手席に滑り込むと、「ええっ？」と、頓狂な声をあげられた。

「どうしたんだ、その頭！」

目を剝いて驚かれ、輝夜は自分の髪を撫でながら肩を竦めた。

「髪を切ると伝えたではないか。そんなに驚くことではない」

淡々とシートベルトを装着する輝夜を、智登世が引き気味に眺めている。

「てっきり揃える程度かと……。まさかそこまで思いきったショートにするとは」

驚いた……と、目も口も真ん丸にしている。地球の人たちが髪を切る理由を、二藤から教わったのだ……と言おうとして、やめた。種明かしは無粋だ。

「明日、その頭で烏帽子（えぼし）は被れるのか？　明日だけじゃなくて、月へ戻ったあとも」

落としたって言ってたから、通販で買っておいたけど……という智登世の気配りが可笑（おか）しくもあり、哀しくもあり。

「兎耳で支える。月では耳を生やしていても問題ないからな。髪も、すぐ伸びる。……このような髪型は初めてだが、耳や首の周りがスースーして、なかなか気持ちがいいな」

言葉にさえしなければ、知らないふりを続けられる。歌にして詠みさえしなければ、思いが伝わることもない。髪を切った理由も、伸びるころには忘却の彼方だ。

「……人の世は、欠けゆく月か露のごとし」

移り変わりが激しいってこと？　と訊かれ、違う、と横に首を振った。

「ごめん、さすがに短歌の知識はない」

「短歌ではなく、独り言だ。この世のカタカナ語が、いまひとつ理解できぬように、智登世にも、わからぬ言葉があるほうがいい。智登世とて、宇宙がまだまだ謎だらけゆえ惹かれるのであろう？」

「かもしれない。でも、わからないのは悔しいな」

そう言って智登世は笑うが、堂々と告げる勇気がないから匂わせて、気を惹きたいだけの卑怯な言葉選びだ。口にすれば虚しいばかりだ。

一郷の、気持ちのままに突き進む陽気さを見習えたら。

二藤の、自分の弱さを受け入れる強さを学べたら。

三鷹の、豊富な経験と揺るぎない自信を身につけられたら。

この広い宇宙で、異なる星に生まれながら、奇跡的にも縁を授かった人たちの、眩しい個性に憧れる。どれも全部、輝夜にはないものばかりだ。

地球へ飛ばされなければ、気づけなかったことばかりだ。

「髪を切ったら、女性には見えまい。それに、どこから見ても二十歳だ」

「うん、確かに大人っぽくなった。凛々しいよ」

よく似合う。そう言って伸びてきた手にポンポンされて、輝夜は思う。

智登世は、輝夜が子供に見えようが、女の子に見えようが、髪を切ろうが、好きだと言ったあとだろうが、まったく態度が変わらない。ずっと変わらぬ太陽のごとく、輝夜という月を照らしてくれる。

だが月は、自分では光れない。太陽なしには輝けない。

そして月は明日の満月を境に、恋しい人に気づかれぬまま、ゆっくりと身を隠すのだ。

秋の夜の　雲間に隠る三日月の　知らえぬ心　切なきものぞ――。


その夜は、輝夜が三人分の塩ラーメンを作った。

「月へ帰ったら一族にも食べさせてやりたいから」と、自分から賄い役を申し出た。

湯は沸騰させること。それから乾麺(かんめん)を入れること。乾麺が少し柔らかくなったら、急がず慌てずほぐすこと。

粉末スープは鍋に入れず、器へ入れておけばいい。そこへラーメンの茹(ゆ)で汁を注いで粉末スープを溶かしてから、茹だった麺を滑りこませる。麺とスープを軽く馴染ませたら、切り胡麻を振る。あとは好みでハムやネギを載せればいい。

「今夜は、海苔と生卵も載せるんだったな」

「ハムも必須(ひっす)だ。極上のご馳走だな」

初めて塩ラーメンを食べたときは、全員器が違っていた。智登世などは、雪平鍋から食べていた。だがいまは三人お揃いのどんぶりだ。この稚球へ来た翌日に、百均なる店で買ったのだった。月にも百均があればいいのにと、羨(うらや)ましく思ったものだ。

　いい香りが部屋に広がる。鼻の穴を膨らませ、いただきますと手を合わせ、フーフーと息を吹きかけて冷ましながら、ほどよく茹だった麺を啜る。

　ズルルッと三人の音が重なるのも、これが最後かと思うと……やけに寂しい。

「……智登世」

「ん？」

「たくさん作ったからコールスローは、冷蔵庫に入れた。残りは明日食べてくれ」

「明日の朝、一緒に食おう」

「私はいい。智登世に食べてもらいたいのだ。明日の晩ご飯にするといい。そのときは、もう私はいないから……私に感謝して食べるがよい」

　笑わせるつもりで言ったのだから、笑ってほしかった。だが智登世は切なげに輝夜を見つめるばかり。麻呂と吾と予の、押しつけるばかりの激情とは真逆の、引く感情だ。

「一度に食べるのは勿体ないから、少しずつ、大事に食べるよ」

　故郷の存続を思えば、寂しいなどと感じること自体、一族に対する裏切りだ。頭ではちゃんとわかっているのに視界が曇る。……きっとラーメンの湯気のせいだ。

「美味いのう。塩ラーメンは最高だ」

　指で目元を拭い、輝夜は笑った。スープが跳ねたのだ。決して泣いてなどいない。

「卵の白身と麺を、同時に啜るのがたまりませぬ」

「俺はクタクタになりかけの海苔で、麺を巻いて食べるのが好きなんだ」

どれどれ……と三者三様で、相手の好みの食べ方を真似ては、「美味い！」と歓喜の声をあげた。

「……この一カ月、楽しかった」

ふいに智登世が言ったから、否応なく箸が止まる。

目が合って、ドキッとして、胸の奥がぎゅっと詰まって、慌てて視線を丼に戻す。

「ありがとう、輝夜。宇佐吟も」

頭をぽんぽんされ、鼻を啜りあげてしまったのも、湯気のせいだ。ラーメンで体が温まり、鼻水が出ただけだ。目が潤み、鼻がつまり、もはや味すらわからないが。

湯気が目元で水滴になり、ポタッと輝夜の膝に落ちる。

「……礼を言うのは私のほうだ。突然やってきたのに嫌な顔ひとつせず、それどころか手厚くもてなしてくれて、楽しいことばかりの一カ月だった」

「料理の得意な人のもとへ落ちてきていたら、もっと美味いものを味わえたのに」

「美味いものばかりだった。この塩ラーメンもご馳走だ。智登世と食べたものは……全部、なにもかも美味かった」

智登世と食べたから美味しかったし、楽しかったのだ。あの苦い山葵でさえ、最初に一緒に食べたのが智登世だったら……案外、珍味として楽しめたかもしれない。

amezon

「……輝夜ならすぐに、いい相手がみつかる」

せっかく美味しいものの話題を弾ませようとしたのだから、話を戻さないでほしい。

「……二十歳まで過ごした稚球では、みつからなかったぞ？」

「月なら、きっと大丈夫だ」

「……私の母は、月で暴漢に襲われたぞ？」

「月族も、そこから多くを学んだはずだ。輝夜を月へ戻すからには、警護態勢も強化しているに違いない。安全な場所で、安心して暮らせるよ」

確信をこめられても、素直に「そうだな」とは返せない。

「いやぁ輝夜どの、輝夜どののお手製の塩ラーメンは格別ですなぁ。月の衆にも、ラーメンを振る舞ってやりとうございます。塩派、みそ派、しょうゆ派に分かれるやもしれませぬな。帰還が楽しみでございますなぁ！」

時間差で食の話題に戻した宇佐吟の声だけが、到着地点を見誤り、空回りしている。


天体望遠鏡を窓辺に立てて、夜空を観測するとか。

苦いコーヒーの力を借りて、夜が明けるまで思い出話に花を咲かせるとか。

なにか最後に特別な時間を共有できればよいなと、少々期待をしていたのだが。

「……じゃ、おやすみ」

「はい、おやすみなさいませ」

「おやすみでござりまする」

智登世から譲り受けた黒いリュックに土産を詰めこみ、明日の帰還前に着替える予定の狩衣と烏帽子を西東京プラネタリウムの手提げ袋に入れ、出立の準備を整えたあとは、いつものようにソファの部屋と寝室とに分かれ、これまでどおり就寝した。

特別な時間を過ごしてしまえば、また思い出が増えてしまう。増えれば、さらに離れ難くなる。智登世もそれがわかっているのだろう。

好きだと告白されたはずが、映像のように実体がない。

目の前にご馳走が置かれた直後、鳶に攫われてしまったような……このような喩えしかできない我が身が情けないが、まさしくそれだ。味わう前に奪われてしまった。あの告白を吟味する間もなく下げられてしまった。そして目の前には……なにもない。

勝負の満月を明日に控え、最強の求婚者が現れたのに。

やっと条件が揃ったのに。輝夜の気持ちだけが二の足を踏んでいる。

ソファで横になり、布団を肩まで引っぱりあげる。この地球へ来たときは、掛け具は夕オルケット一枚だったが、いまは薄手の掛け布団だ。こんなところにも時間の経過や季節の移り変わりを感じる。まさに光陰矢のごとしだ。

宇佐吟の背に擦り寄って、輝夜は名残を口にした。

「閉館日が中秋の名月ではなく、閉館前日が中秋の名月という多少のズレも、宇宙のいたずらかもしれぬな。この世の事象なにもかもが、愛おしくてたまらぬ」

中秋の名月は、毎年のように日にちが変わる。そのうえ満月になるとはかぎらない。だが奇遇にも今年は満月。そして、西東京プラネタリウム閉館前夜。

すでに舞台は整ったのだ。ここから降りることがあってはならぬし、思うことも赦されない。輝夜の体は、輝夜だけのものではない。月族みんなのものだから。

「……弱気になられますな」

振り向きもせず、宇佐吟が意見する。輝夜は宇佐吟の耳の間に鼻先を埋め、それを否定した。

「弱気になど、なっておらぬ。名残を惜しむ気持ちと、弱気は、似て非なる感情だ」

「この機を逃すわけにはいきませぬぞ、輝夜どの」

強い語調で咎められて、輝夜も同じだけの熱量で返答する。

「言われなくても、わかっておる。だからこそ帰還の準備を整えたのだ」

「いつもの覇気がございませぬぞ、輝夜どの。明日は腹から声を出し、意気揚々と胸を張り、月への帰還を果たしましょうぞ」

「わかっておると、さっきから言うておるではないか」

苛立(いらだ)った口調をすぐさま後悔し、「すまぬ」と早口で謝罪し、宇佐吟から手を離した。寝返りを打って宇佐吟に背を向け、壁と向かいあう。

眠ってしまえば、すぐに明日がやってくる。そう思うと、眠ることすら躊躇(ちゅうちょ)する。

壁を見つめ、この向こう側にいる智登世を想い、掌(てのひら)を壁に押し当てた。そして心の中で呼びかける。智登世――と。

智登世、智登世。

楽しかったなぁ。本当に、とても楽しかったなぁ。

智登世、智登世、智登世――。

私を好いてくれて、ありがとう。

ありがとう……ございました。

プラネタリウム閉館前日、金曜日。

出勤途中のミニバンの中で、輝夜は智登世と宇佐吟と一緒に大声で歌った。いつかスマホで観た五人組の女子の曲だ。ハンバーガーショップでもスーパーでも、どこへ行っても流れているから、すっかり覚えてしまった。

宇佐吟などは振りつけまで覚えたようで、後部席で踊りだすから、「危ないから立つなって！」と何度も智登世に注意された。浮かれる宇佐吟につられ、輝夜も浮かれた。笑って笑って大笑いして、なかなか消滅しない哀しい感情を懸命に窓の外へ飛ばした。

昼は、派遣やアルバイトのみんなから、「今日でボランティアスタッフ終了なの？　明日までいられないの？」と名残を惜しまれ、お菓子や飲物をご馳走になった。館長は涙を浮かべていた。娘たちが父親離れした当時を思いだすなぁ、と。

その館長は「餞別だ」と言って、これからも天体観測を楽しめるよう、高解像度の双眼鏡を輝夜にくれた。

皆、いい人たちばかりだな……と智登世に告げたら。

輝夜がいい子だからだよと頭を撫でられ、危うく号泣するところだった。

本日の最終上映が終了した。

輝夜は上映ドームの出入口で客を見送ったあと、いつものように客席を回り、忘れ物がないかを念入りに確認した。そして映像ドームの出入口を閉め、今日だけは内側から施錠した。輝夜が月への帰還を果たすまで、誰も入ってこられないように。

「……時空のひずみの発生時間は、前回と同じである可能性が高い。例のスーパームーンの日は、最終上映回の開始三十分から、映像の乱れが頻発した」

今日のように……と智登世が真顔で重大事案を補足する。

今日の乱れ――それは輝夜も目の当たりにした。いま観た最終上映で、開始三十分から映像に異変が起きたのだ。

観賞に影響するような乱れではないが、ほんの一瞬画像が揺らいだり、微かな異音が聞こえたりしたのだ。これは間違いなく前回同様の事象が発生する予兆だと、智登世が確信をこめて言う。

「確認作業の再上映では、最後の一分で満月が大きく映しだされた。そこで『月からの伝言』が終了するはずなのに、あの日は満月のシーンに笛の音が重なったんだ」

「それは、宇佐吟が吹いた神楽笛の音色だな？」

「おそらく。客を退室させたあとだから、客席には誰もいない。耳を澄ませれば、今度は雅楽だ。音色が近づいてくるにつれ、映像の満月の光度も増して、なにごとだとスクリーンを振り仰いだ刹那、映像ではない満月が迫ってきた」

そして満月が弾け、薄闇が戻ると同時に、輝夜と宇佐吟が降ってきて、とっさに受け止めた……というのが智登世の弁だ。

「だからあの日と同じように、いまから映像の乱れの確認作業として、『月からの伝言』を残り十分から再上映する。……よし、スタート。予定時刻まで残り十分」

智登世が秒読みを開始する。「予定時刻」というのは一カ月前……八月三十一日のスーパームーンの夕刻に、輝夜がここへ飛んできた時間のことだ。

照明を落とした上映ドームに、満点の星……宇宙が再び投影される。月のクレーターの名称が映しだされている間に、輝夜はオーバーオールから狩衣と烏帽子に、宇佐吟はナップザックを脱ぎ捨てて袖なしの袢纏（はんてん）……地球ではジレと呼ばれていたが、それぞれが元の衣装に着替えた。

脱いだ服は手提げ袋に入れ、智登世から譲り受けた黒いリュックを背負う。そして輝夜と宇佐吟が降ってきたという位置の真下に立ち、操作台の智登世を振り返った。

智登世も、輝夜を見てくれていた。

眩しそうに、そして少し寂しそうに微笑んでいた。

「準備はいいか？　輝夜」

訊かれて、はいと返答するつもりが、喉で詰まって声が出ない。そんな輝夜の代わりに宇佐吟が、神楽笛に巻いた紐（ひも）を斜めがけして前で結び、「準備完了でございまする！」と張りきって応える。

「今度こそ輿から振り落とされるなよ。他の星へ飛ばされないように」

「……わかった」

「気をつけて。……って言うのも変だけど、とにかく道中、気をつけて帰れ。そして、輝夜を一生大切にしてくれる人と恋をして、幸せになれ」

輝夜は胸元をギュッとつかんだ。なぜ智登世が輝夜に、そんなことを望むのだろう。昨日、好きだと告白したではないか。それなのに、どうして「輝夜を一生大切にしてくれる人と」などと、軽々しく他人に委ねるのだろう。なぜ「幸せになれ」などと、無関係の顔で突き放すのだろう。

なぜ笑っているのだろう。なぜ涙を流さないのだろう。輝夜のほうは膝が震え、笑顔の「え」の字も出ないのに。

「……残り三分」

あと三分で再上映が終わる。……どこかから異音がする。上空で風の音がする。月族が、輝夜を探している。近くまで来ている。

「もう一度言うぞ、輝夜」

なにを？　行くなと？　……そんなことは一度も言われていない。

俺も一緒に月へ行くと？　……そんなこと、智登世は思ってもいない。

「なにを言いたいのだ。さっさと帰れと？　とっとと消えろと？　智登世はそんなにも、私を地球から追い出したいのか？」

我慢できず、足音を荒らげて客席の階段を上り、操作台の長身に詰めよると、困ったように智登世が笑い、輝夜の頬にそっと触れた。

「好きだよ、輝夜」

「…………っ」

智登世の指先の、その温もりが、感触が、輝夜の心を激しく揺さぶる。

「何度でも言う。俺はお前が好きだ。初めて乗ったミニバンで、夜景や信号に大はしゃぎしていたお前も、ハンバーガーに食らいつくお前も。……慣れない環境でありながら、自分にできることを探して努力する強さや柔軟さもだ。誰に対しても先入観なく素直に向きあう、真の心の美しさもだ」

「う、うぅ……っ」

「この一カ月、お前と暮らせて楽しかった。ひとりが気楽だと思っていた俺が、こんなふうに誰かと暮らせるなんて……お前じゃなきゃ、こうはいかない」

智登世がなにか話すたび、涙がボロボロと零れる。言い返したくとも、しゃっくりが邪魔して言葉にならない。

「一郷くんと二藤くんと三鷹さんにも、お前はできるかぎりの誠意を尽くした。小さな体に一族の存続を託されても、運命を恨むことなく頑張っていた。そんなお前を心から尊敬しているし、お前の故郷の繁栄を全力で応援している。だからこそ、どんなにお前のことが好きでも、この道を歩むと決めたお前の邪魔だけは、してはならないと思っている」

してはならないと言いながら――――こんなにも輝夜を戸惑わせているではないか。

輝夜の心を、掻き乱しているではないか！

「智登世、わた……っ、私はっ」

感情が吹きだして、しゃっくりが止まらない。伝えたいことがありすぎて、言葉にならない。自分の不甲斐なさに下唇を噛むと、智登世が首を横に振った。「早く振れ」と、困惑顔で急かしてくる。「間に合わなくなるぞ」と、追い払うかのように促してくる。

それでも躊躇する輝夜を、ついに智登世が「告白」によって突き離した。

「俺と結婚してください、輝夜どの」――――と。

差し伸べられた手は、輝夜に振り払わせるため。

不可能な結婚の申し出は、輝夜を月へ弾き飛ばすため。

こんなにも理不尽な求婚は、生まれて初めてだ。

「いやじゃ……」

輝夜は身を震わせた。食いしばった奥歯がカチカチと鳴る。膨大な悲しみに飲みこまれそうで、恐ろしくて、いやじゃ、いやじゃと、何度も首を横に振った。

その否定は、その拒絶は、そんな意味ではなかったのに。

決して、そうではなかったのに。

智登世が「宇佐吟！」と声を放った。

「いまだ、宇佐吟。神楽笛を吹け！」

輝夜はハッとして我に返り、上空を振り仰いだ。

円形ドームの最上部で、拳ほどの満月が輝いている。まるで、こちらのようすをジッと観測しているかのように。

この一カ月、輝夜が最終上映で観ていた映像とは異なる満月だ。いつも観ていたから、わかる。この月は……映像ではない！

「月が待機している！　使者を呼べ、早く！」

急かされて、宇佐吟が慌てて神楽笛を構え、ピィーッと吹いた。

刹那、満月が閃光(せんこう)を放った。

輝夜は両腕で顔を覆った。遮(さえぎ)れないほどの光を放ち、ぐんぐん月が迫ってくる。いらしたぞ！　と声がする。輝夜どのじゃ！　宇佐吟どのじゃ！　と、可愛らしい歓声が降ってくる。

天上の満月は徐々に膨らみ、やがてドームを覆い尽くすほど巨大化して、見えるものすべてを光で包んだ。

その中央に、米粒のような影が見える。微かだが、雅楽の演奏も耳に届く。

次第に近づいてきた影と音は、間違いない、月族兎組の使者たちだ！

「……あっ」

ふいに体が軽くなった。ラーメンやら菓子やら寿司酢やら双眼鏡やらが入って、漬け物石並みに重いリュックが、輝夜をぶら下げたまま宙に浮く。

　両足が地面から離れた。慌てて地に足をつけようと爪先（つまさき）を伸ばすが、届かない。手提げ袋から手を離し、とっさに栄蔵……もちろんいまは投映機という機械だとわかっているそれへと手を伸ばし、脚に似た部分を両手でつかむ。

　一族が、輝夜を迎えにきてくれた。これで本当に月へ帰れる。だが……。

「お待ちくだされ！」と輝夜は叫んだ。輿が止まり、雅楽が途切れる。

　静まり返った光の中で、輝夜は智登世と向きあった。智登世より頭ひとつ……いや、ふたつ分ほど高い位置で、逆さになって浮いている。

　いつもは智登世を見あげているから、こうして見おろすのは初めてだ。智登世の髪型も格好いいな……と、改めてこの世界の人々の美意識の高さに気づき、この地球で輝夜が経験していないことは無限にあると思い知り、畏敬（いけい）の念が胸を満たす。

「……月光色の風呂（ふろ）は、気持ちよかったぞ」

「輝夜……？」

「ハンバーガーは美味しかった。ラーメンは最高のご馳走だった。共に作ったコールスローには、たいそうな愛着が湧いた。働くことは素晴らしかった。天体観測は夢のようだった。智登世との暮らしは、じつに楽しかった。過ぎ去りし日が愛おしくてたまらぬ」

　大粒の涙が、ぽたぽた落ちる。作業台から離れ、階段を下り、輝夜の真下に来てくれた智登世が、その大きな掌で涙を受ける。

あの手で頭を撫でられるのが好きだった。ポンポンされるたび、心が弾んだ。

「私は……私はな、智登世。私は、本当は、まだまだ智登世に褒められたかった。智登世に頭をポンポンされて、安心して笑い続けていたかった。智登世の傍で、智登世とともに、夢のような楽しい時間を、もっと、もっと、重ねたかった」

笑って別れたいのに、顔がくしゃくしゃに歪んでしまう。かつての稚球では、綺麗だ美人だともてはやされていたのに、この地球では見る影もない。本心を伝えずに引き離されることへの無念と後悔が、輝夜から笑顔を根こそぎ奪う。

「いやじゃと言ったのは、そういう意味ではないのだ！　智登世が私を月へ帰そうとすること、私はそれが、いやなのじゃ！」

「わかった、輝夜。だが、この機会を逃したら、一生戻れなくなるぞ！」

ぶるぶると輝夜は首を横に振った。そんなこと、もう、どうでもいい。どのみち、もう無理だ。戻ったところで、輝夜は、もう……。

輝夜は渾身の力で投映機を引き寄せた。月が躍起になって引っぱるから、宙で逆立ち状態だ。だが、ここで手を離したら、一瞬で月まで飛ばされる。

月が本気を出しているのは、智登世の愛が本物だからだ。智登世に負けてはならぬと、全力を振り絞っているのがわかる。

月の光だけでは力が足りぬと判断したか、いきなり突風を見舞われた。体勢が大きく崩れ、投映機から手が離れそうになる。

「うう……っ」

バタバタと、狩衣がはためく。捩れた風が竜巻になり、輝夜の腕を剝がそうとする。智登世までが吹き飛ばされそうになり、懸命に脚を踏んばっている。

「輝夜、危険だ！　投映機から手を離せ！　離して、そのまま月へ飛べ！」

いやじゃ！　と輝夜は首を振った。この引力は、愛の力だ。自分は智登世に愛されている、こんなにも強く。だったら決して離してはならない。離せばきっと後悔する。

「絶対に離しませせぬ！　もはや月へ戻ったところで、この体には、月族の殿方の御子など宿りませせぬ！　なぜなら私は、月族殿組派生の私、輝夜は……っ」

大波のように月光が揺れた。おおおおお……と恐ろしげに竜巻が唸り、地響きが轟く。

これより先は言わせまいとして、輝夜の体を暴風で揺さぶる。

それでも輝夜は絶叫した。言わねば生涯、この日を悔やむ！

「竹垣智登世の御子を、孕みとうございまする――――っ！」

そんな……と呟いたのは、宇佐吟だ。

神楽笛の紐を投映機に引っかけた宇佐吟も、輝夜同様、空中に浮いた状態だ。輝夜は手を伸ばし、宇佐吟の耳に触れ、何度も詫びた。

「すまぬ、宇佐吟。本当に……お前には済まぬことをした。私は智登世に恋をした。智登世が私を見初めるよりも、きっともっと早くに、私が智登世に恋をしたのだ……」

智登世が唖然としている。だから輝夜は照れながら、全員に聞こえるように言った。

「もう私は、竹垣智登世に身も心も捧げると決めましたゆえ、たとえ月に戻っても、他の殿方に恋をすることはあり得ませぬ」

智登世の腕の中へ落ちたときに、私の運命は決まったのでございます……と。

「それはあまりにございましょう、輝夜どの。そうであれば我々は一体なんのために、この一カ月……」

「すまぬ宇佐吟。赦せとは言わぬ。いっそ憎んでくれ。私は一族の裏切り者だ。……私など見捨て、忘れ、お前は月へ帰ってくれ。私が地球に残れば、月族の人型は絶滅してしまうかもしれぬが……おまえたち兎組は安泰だ。月は兎組に任せたぞ」

「なにをおっしゃいます、輝夜どの。我々兎組は、月族人型に仕えることを喜びとしておるのです。兎族だけの繁殖など、誰が望んでおりましょうか！」

もうよい、と輝夜は首を横に振った。自分の気持ちに素直になったとたん、視界が晴れた。気持ちが軽くなった。この選択は正解だと確信した。

「私は一族のためではなく、私自身のために生きたい。お前も私のためではなく、自分のために生きてくれ」

「考え直してくだされ、輝夜どの。月でもいずれ、輝夜どのの御目に適う殿方が……」

「思えば稚球から月へ戻るとき、必ずや本物の愛をつかむと養父母に誓った。だから智登世のもとへ飛ばされたのだ。私が智登世に引き寄せられたのだ。無限に広がる宇宙の中から、私が智登世という恒星を……唯一の光を見つけたのだ。そうとしか思えぬ」

輝夜は下唇を噛みしめた。反して宇佐吟は、顎を外して呆然としている。これまでずっと輝夜に仕え、守り、ときには親のように導いてくれた唯一無二の存在を裏切るのは、身を裂かれるようにつらい。

だが、どれほど信頼しあった仲でも……信頼している仲だからこそ、互いの幸せを心から望む。

「達者で暮らせ、宇佐吟。いままで世話になった！」

感謝で別れを告げたとき、智登世がまっすぐに手を差し伸べた。

「来い、輝夜」

「智登世……」

智登世が呼んでくれた。帰れではなく、来いと言ってくれた。やっと受け入れてくれたのだ。嬉し涙が止まらない。

「こんな私で、よいのか？　傍に置いてくれるのか？」

智登世が頷く。そしてさらに手を伸ばす。これは輝夜を引き止める手だ。振り払わせるためではない。だから迷うことなく、つかめばいい。

「お前が覚悟を決めたように、俺も腹を括るよ、輝夜。お前が地球外生物でも、たまに耳が生えてても、殿組派生でも、なんでもいい。構わない。結婚しよう、輝夜！」

「嬉しい、智登世……っ」

だが月は止まらない。人型滅亡確定に焦っているのか、呼んでおきながら勝手を言うなと怒っているのか、加速がついて止められないのか。さすがに月の事情は読めない。

それどころか智登世の愛に真っ向勝負を挑むかのように、ぐんぐん、ぐんぐん、迫ってくる。プラネタリウムの座席ごと飲みこむ勢いだ。

「く……っ」

しがみついている腕が痛い。肘が、肩が、ミシミシと音を立てる。

よじ登ってくる智登世の手が、近いようで遠い。リュックの肩紐が壊れ、上空へ弾き飛ばされる。あんなに重かったリュックが一瞬にして光の彼方だ。とてつもない引力だ。

慌てて投映機をつかみ直そうとしたが風に煽られ、手が滑り、気づいたときには左手だけで投映機の部品をつかんでいた。

「ぐうう……っ」

「輝夜――――ッ！」

投映台によじ登った智登世が、何度も輝夜の手をとろうとするのだが、それを阻止するかのごとく、四方八方から突風が吹く。

「輝夜！　右手を伸ばせ！　俺の手をつかめ！」

そうしたいのだが、脱げた狩衣が右腕に巻きついて動きを阻止する。烏帽子が飛んでゆくのが見えた。着替えを入れた手提げ袋も、回転しながら飛んでいった。

「智登世――っ」

脱げた狩衣を右手でつかみ、智登世に向かって振り回した。智登世がそれをつかもうとするが、強風に邪魔をされ、わずかに長さも足りない。そうこうしている間に、投映機につかまっている左手が限界を迎え、一本ずつ指が離れてゆく。

「左手が、もう……無理……だ……っ」

「諦めるな、輝夜！　くそ、もう少しなのに！」

風に抗い、智登世が必死でよじ登る。こんなにも輝夜を求めてくれる。それなのに。

それなのに、あと少しが届かない。

指は残り二本……、一本！

「いやじゃ、いやじゃ！　離れとうない！　智登世！」

「輝夜あぁ――――っ！」

ついに最後の指が離れ、輝夜は高く吹き飛ばされた。

満月に飲みこまれる刹那、強烈な光に包まれた。

別離を覚り、輝夜は泣いた。

生涯で唯一の恋が――――ついに終わった。


静寂の訪れとともに、五感が戻る。

しゃくりあげながら、輝夜はおそるおそる目を開けた。

気のせいだろうか。まだ逆さまで宙に浮いているような気がする。

「………………？」

それも月や宇宙空間ではなく、なぜか西東京プラネタリウムの、上映ドームの空中に。

投映機によじ登った状態で固まっているのは……智登世だ。この光景は、さきほどの続きだろうか。

だが、智登世が伸ばしている右手は、輝夜が懸命に振り回していた狩衣ではなく、神楽笛の端を握っている。……神楽笛？

「……え？」

輝夜は目を剝いた。そして智登世も、自分が握っているものの正体に気づいて目を丸くする。神楽笛の対極を握っているのは、ふわふわの短毛に覆われた……宇佐吟の両手。

そして宇佐吟の脚はといえば、輝夜が懸命に振り回していた狩衣の端を、ガッシリと挟みつけている。さすがは兎組。月の引力にも負けない脚力だ。……でも。

なぜだ？　と輝夜は放心して呟いた。

「お前だけなら月へ帰れたのに。なぜ？」

だが訊かずとも、宇佐吟の想いはわかっていた。だてに長く一緒に暮らしたわけではない。宇佐吟は輝夜にとって、家族同然だ。それはおそらく、宇佐吟にとっても。

涙で顔をくしゃくしゃにして、それでも「なぜだ？」と真意を訊ねる。すると宇佐吟も輝夜と同じように顔をくしゃくしゃにして、こう言ってくれた。

「わ……わたくしは護衛ですゆえ！　御身のみならず、お心もお守りいたしまする！」

「だが、宇佐吟……」

「それに地球には、塩ラーメンも満月バーガーもございますゆえ。ふりかけもハンバーグもサニーサイドアップも、パリパリ春巻きもポテトフライも……おお、月光色のバスタブレットも忘れてはなりませぬ」

小さな体をめいっぱい伸ばし、智登世と輝夜を繋いでくれながら宇佐吟が笑う。

宇佐吟の優しい覚悟を、輝夜はしっかりと胸に納めた。自身の決断と智登世の勇気も、心で強く抱きしめた。

そして、月の影響が完全に消滅すると同時に――。

輝夜と宇佐吟は、初めて地球に来た日のように、智登世の腕の中にポスッと落ちた。

本当に智登世は、受け止めるのがうまい。

智登世のマンションへ戻ると、満月の光が室内を煌々と照らしていた。

「電気をつけずとも、今夜は大層明るいな」

「ああ、さすがは中秋の名月だ」

「私を迎えにきた月からも、この部屋が見えればよいのに」

なぜだ？　と智登世に訊かれたから、顔を熱くして輝夜は応える。

「私たちが愛しあうさまを見れば、此度（こたび）の私の決断を理解してくれると思うからじゃ」

え、と智登世が固まった。みるみる顔が赤くなり、しどろもどろで言う。「それは、えー と……俺たちの営みを見せたいってこと？」と。

ええっ？　と、今度は輝夜が耳まで熱くする番だ。

「ちちち、違うっ。そうではなくて、日々の暮らしをだ。じつはリュックを奪われた。館長から譲り受けた、高解像度の双眼鏡も入っておる。月族があれを扱えるようになれば、遠く離れた場所からでも、地球を覗けるかもしれぬと思って……」

ちょっと遠いかなと、智登世が笑う。笑うのだが……その大きな手は、いつの間にか輝夜の両頬を包んでいて、輝夜としては笑う余裕はまったくない。

親指で唇に触れてくれながら、智登世が囁く。

「……輝夜」

はい、と応えるのも恥ずかしい。声が裏返ってしまいそうだ。

「お前、俺の子を孕みたいって言ったよな？」

「…………っ！」

突然すぎて、よからぬものが口から飛びだしかけた。

「えっ、えっ、あ、あのっ、そのっ」

口はしどろもどろ、目はあちこちに忙しなく動き、軽い目眩で足がふらつく。

「く……口走ってしまったが、智登世は以前、結婚も子供も望んでおらぬと言うておったし、だから別に、嫌ならいいのじゃ。無理強いはせぬ。互いの意見を尊重しよう」

「お前の本心を聞きたい。俺のことは考えず、素直な気持ちを聞かせてくれ」

「私は……その、殿組派生として生まれたからには、やはりそれは幼少期からの夢であったし、そもそも片想いでは孕めぬ特異な種族ゆえ、愛の証は子だくさん……と、あ、わ、私は一体なにを言うておるのかっ」

目を逸らしたら、ソファが視界に入った。さっきまでそこにいた宇佐吟の姿がない。帰りに買った満月ハンバーガーも、ひとりぶん消えている。

と、半分開いている窓の外から、笛の音が聞こえる。おそらく屋上だ。どうやら気を利かせてくれたらしい。

輝夜、と困ったように苦笑され、はい、と上目遣いで顔色を窺う。

「だったら、子沢山を目指そう」

「え……？」

「俺は平安貴族じゃない。裕福な暮らしも約束できない。でも、お前との間にできる子供だったら、何人でも欲しいと思う。子供たちのために頑張って働くから、産んでくれ」

「よ……、よいのか？」

ああ、と頷く優しい視線と声に、心が溶ける。

智登世は初めて会ったときから優しかったが、日に日に優しさに深みが増し、魅力と輝きも増している。すべてを捧げても足りないほど、心が智登世に引き寄せられる。

「輝夜」

「……はい」

「俺と、メオトになってくれ」

智登世の言葉が耳をくすぐり、輝夜の鼓動を駆け足にする。恥ずかしさのあまり、輝夜は両手で顔を覆った。その手を握られ、そっと剝がされ、こんなにも近くで見つめられれば、答えは、ひとつ。

「謹んで……お受けいたしまする」

笑みを浮かべて近づいてきたのは、智登世の唇。

生まれて初めての接吻（せっぷん）は、あっという間に、心と体に火をつけた。

抱きあげて運ばれたのは、初めて入る智登世の寝室だ。

衣類や天体の写真に混じって、先日の天体望遠鏡が立ってある。

窓際に置かれた智登世のベッドには、月光が降り注いでいた。そこへ下ろされながら、輝夜はいまさら狼狽えた。「湯浴みをしておらぬ」と。

「俺もだ。嫌ならシャワーを浴びてくるけど」

訊かれて、いいえと首を横に振る。もはや輝夜にはシャワーを浴びるどころか、会話を継続する余裕すら残されていない。

「もう緊張で、心と体が潰れそうじゃ。だから、早う……」

一刻も早く抱いてくれぬか——と懇願しながら、とてもじゃないが智登世の顔を見られない。智登世が笑う。言葉が元に戻ってるぞ？　と。

そして緊張で気を失いそうな輝夜の上に、逞しい体軀（たいく）を重ね、こう言った。

「じつは俺も緊張している。こういうことは疎くて……もし痛かったり苦しかったりしたら、遠慮なく言ってくれ。直すから」

なんという誠実さだろう。力の差は歴然なのに、少しも偉ぶることがない。押さえつけようとしないどころか、遠慮なく言えなどと……。

輝夜は智登世の首に両腕を回した。ぎゅっとしがみつき、「言わぬ」と笑った。

「もし痛くても、絶対に教えてやらぬ」

「え、どうして？」

狼狽える智登世がおかしくて、輝夜はくすくす笑った。体が揺れ、固い智登世の体とぶつかる。大きくて、逞しくて、さっきから脈がうるさいほどだ。

「痛みも苦しみも、智登世が私に与えてくれる刺激だ。智登世が私に施すことすべて、ありがたいと思いこそすれ、直してほしいなどと思うはずもない」

「輝夜、お前……」

「……なんだ？」

「どうしてそんなに可愛いんだ？」

鼻に鼻を押しつけながら頬を撫でられ、ため息をつかれた。「智登世は、私の魅力に気づくのが遅いのだ」と唇を尖らせると、今度は額に額を押しつけ「待たせてごめんな」と謝ってくれる。こちらのほうこそ「どうしてそんなに優しいのだ？」と問いたい。

見つめあって、逸らして、また見つめて、見えない力に引っぱられながら唇を寄せる。

戸惑いながら触れあわせていた唇が、小鳥のように啄(ついば)みあう。そうするうちに舌先が触れ、もう我慢ができなくなって、互いの背に腕を回した。

「あ……っ」

肉体の厚みに恍惚(こうこつ)とする。輝夜の小さな体など、智登世の逞しさの前では芥子粒(けしつぶ)のようだ。抱きあえば、すぐに気持ちが走りだす。

智登世を真似て、輝夜も舌を追いかけた。夢中で貪(むさぼ)っている間に指貫(さしぬき)の腰帯を解かれ、呆気(あっけ)ないほど容易(たやす)く半裸にされていた。

智登世は上半分をはだけているが、下はカバーオールのままだ。殿方の衣服を輝夜が脱がせていいものかどうか、わからないから触れずにいるが、輝夜だけがしどけない姿を月光に晒しているのは耐えがたい。

愛撫(あいぶ)の手に悦(よろこ)びながら、輝夜は脱がされた単衣(ひとえ)や指貫をたぐり寄せ、ふとした拍子に顕わになってしまう下半身を隠した。そして智登世の唇が頬や耳、首筋や肩を這(は)う快感に身を委ねる。

胸元に下りた唇が、輝夜の赤い突起を掠(かす)める。あぁ……と自然に吐息が漏れ、その声の淫(みだ)らさを輝夜は恥じた。自分がどんどん浅ましく、欲深く変化していくようで怖い。

「私の……兎の目を、それ以上赤う染めないでくれ……」

兎の目？　と智登世が顔を起こす。唇が離れたことにひとまずは胸を撫で下ろすが、すぐに「乳首のこと?」と露骨に訊き返され、顔から火を噴くところだった。

「直接言わず、い……隠語を使ってくれぬかっ」

「乳首の隠語が兎の目だとは知らなかった」

苦笑しながら口に含まれ、強く吸われて、あられもない声を発してしまった。それなのに智登世は平然とした声で解説するのだ。「兎の目より、紅梅の蕾に似ている」と。

紅梅なら、稚球の養父母の庭にも一本あった。その蕾は丸く、とても柔らかく、ふっくらとして愛らしい。あれに喩えられたと思うだけで嬉しくて、固い蕾も開花しそうだ。

「奥ゆかしい隠語もいいけど、調子が狂うから乳首でいいか?」

笑って訊かれ、智登世の良きほうで頼むとお願いした。「じゃあ乳首で」と、互いの言語を統一し、再び唇を押し当てられる。

「ぁあっ、んっ」

育児期以外は使用しないと思っていた胸の突起に、愛しあうための機能が加わる。吸われるだけと言えば簡単だが、愛する人の手に……いや、唇にかかると、ひと言では表せない複雑な快感を生むと知った。

口づけと競りあうように、智登世の指が肌をくすぐる。触れられた箇所は、次々に開く花のごとく。どんどん美しく、どんどん香しく、満開という高みへ上っていく。

「これが、睦みあうと、いうこと……か」

智登世に愛され、輝夜は身も世もなく乱れた。

　多様な愛撫を施され、体中に接吻され、ときおり「綺麗だ」などと甘く囁かれては、感動で泣かぬわけにはいかない。頰の涙を手で拭いながら、息を乱して智登世を責めた。

「初めての……夜、なのにっ、こんなにも、乱れてしもうて、わ、私は……っ」

「まだ始めたばかりだぞ？　序盤戦だ」

　困ったように智登世が笑う。智登世の落ちつきぶりが悔しくて、「わかっておる！」と泣き濡れた目で睨みつけた。

「だが触れられるだけで、お腹の奥が熱くなって、びくんびくんして、すぐにでも産まれてしまいそうなのじゃ」

「産むより先に、孕まないと」

「そ……そうであったな。気が早いにも程があるな」

　どれほど稚拙な言葉でも、智登世は理解に努めてくれた。いまも「きっと、すべてうまくいく」と、輝夜の拙さを包容力で補ってくれた。

「……ところで体の構造は、男ってことでいいんだよな？」

「殿組と同じだ。智登世とも……たぶん同じだ」

「たぶん？」

「だって……恥ずかしくて、智登世の体を正視できぬ」

正直に告げると、「ごめん、俺は舐めるように観賞している」と、雄々しい欲望を披露され、体の奥が激しく疼いた。

啄まれるたび、腰を前後左右に揺らしていたら、「ここも、輝夜の世界独自の隠語があるのか？」と、興味津々で触れられて、両手でそこを防御しながら答えた。

「そこは……小兎じゃ」

「俺のも小兎？」

「とっ、殿方の兎は、お……大兎と、呼ばれておる」

そんな箇所の隠語を口にする日が来ようとは。輝夜はヒーッと顔を隠した。と、小兎が無防備に晒されてしまい、急いで再び股間を隠す。体を揺らして智登世に笑われ、この世から蒸発してしまいそうなほど全身が熱い。

無意識に閉じてしまう両膝に、智登世が手を添える。ご開帳を求められ、肌という肌に指を這わされ、輝夜は息が乱れるままに喘ぎ続けた。淫乱だとは思われたくないが、積極的な愛撫は無性に嬉しい。体がどんどん艶めかしく変化してゆくのがわかる。

輝夜の腰を跨いだまま、智登世がカバーオールを脱ぎ払った。

刹那、輝夜は両手で口を覆った。せっかく声をこらえたのに、感情を抑えきれずに耳がぴんっと飛びだしてしまう。二本の耳がパタパタ動いて、輝夜がどれだけ興奮しているかを智登世に教えてしまう。智登世がくすくす笑っている。恥ずかしい。

「顔が見えない。手を下ろしてくれ」

「無理、ぜったい無理っ！」

なぜだ？　と苦笑され、言えぬ！　と拒んだ。いま智登世は、仰向けの輝夜に覆い被さるような体勢で、四つん這いになっている。だからいま手を離せば、智登世の全裸が視界に入る。視界に入ってしまったらもう、意識せずにはいられなくなる。

「……じゃあ、俯せでするか？」

するか？　と言われても、なにをどうするのか、こういった行為には未熟で、想像力が及ばない。

「……――ひっ！」

軽々と体を俯せに返され、腰に腕を回され、持ちあげられた。お尻を智登世に向かって突きだす格好で固定され、わーっと悲鳴をあげてしまう。

それだけならまだしも、なんと智登世は輝夜の脚の間に右手を滑りこませ、さきほどから跳ね回っている輝夜の小兎を、大きな手で握ってしまうのだ。

「あぁ――……ぁあんっ」

想像を遥かに超える衝撃で、あられもない悲鳴を発してしまった。うわっと驚いた智登世が、耳元で囁く。……兎耳ではないほうの耳だ。

「隣の部屋の窓が開いたままだ。宇佐吟が外だから、閉めだすのは申し訳ないし。少し声を落とせ」

　ぞくぞくぞくっと快感が背筋を往復する。いまは智登世の声すら愛撫だ。

「ぁあんっ、ぁん、んんっ、んむーっ」

　小兎を右手で握ったまま、左手に口を封じられ、「頼むから、シーだ」とあやすように懇願され……落ちつくどころか、ますます小兎が元気に跳ねる。

「シーは、つらい……っ」

「ごめん、でも大声は禁止だ」

「ならば、私の小兎を苛めてはならぬ」

「それはごめん。苛めたい」

「ううーっ」

　うなじに口づけられ、いつしか腰を密着させられ、智登世も弾んでいることを知る。

「輝夜」

「は……いっ」

「小兎に、ちょっとだけ泣いてもらうぞ」

　声は最高に優しいが、その要求は恐ろしい。

「あっあっ、あっ、あぁっ、あっ」

　股間で弾む小兎を、握りながら扱かれた。ことのほか可愛らしい輝夜の小兎が、よもやこれほど元気に跳ね回るとは。智登世にされて、初めてわかることばかりだ。

この体はまだ未熟だが、愛を施され続けることで本来の能力を発揮するのだと輝夜は覚った。なぜならいま輝夜の体の至るところが、智登世の愛撫を要求している。全身全霊で智登世という雄を求め、子種をよこせと疼いているから。

「待って、智登世、あ、待って、ま……――」

智登世の手を汚してしまった。驚くほど早く達し、まったく自制できなかった。追いつかないのは心だけで、体は貪欲に快感を貪り、初めての性行為を楽しんでいる。体と心の時間差に、輝夜は戸惑い、ひたすら困惑の悲鳴を放つ。

「あ、あ、あ、あ……っ」

腰が痙攣して、膝立ちを維持できない。輝夜はベッドに崩れ落ちた。身を重ねてきた智登世が輝夜の耳朶を啄む。もちろん人型のほうの耳だ。

「殿組派生の精液は、妊娠させる能力はあるのか？」

色気のない質問でごめんなと断りつつも、「円滑な子作りに向けた素朴な疑問だ」と言われては……射精の余波で震えが止まらない状態だが、説明しないわけにはいかない。

「殿組派生の、小兎の涙は……子種ではない。感情の昂ぶりだ。興奮すると兎耳が飛びだすのと同じじゃ。それと、私の姫に挿入する際、小兎の涙で智登世の大兎を濡らすのだ。そうすると、速やかに繋がれるのだそうだ」

恥じらいを乗り越え、小兎の涙の使い道まで伝授したのは、智登世にはこの体質を理解してもらいたいからだ。

表現が慎ましいのかユニークなのか……と笑いながら、「尻の穴が姫でＯＫ？」と智登世に指で触れられてしまい、「あああっ！」と叫んで枕に顔を押しつけた。

「しっ、尻の穴などと言うでないっ！　耳が妊娠するではないかっ！」

輝夜は本気で焦っているのに、体を揺らして笑われた。

智登世の右手が、輝夜の背後で動いている気配。背後をそっと盗み見て、輝夜は驚嘆してしまった。いま智登世が扱いているのは、目が眩むほどの大兎だ。

なんともまぁ、強く頼もしく、それでいて優美にそそり立つ宝刀であろうか……と、輝夜は腰を上げたまま、うっとりとそれに視線を注いだ。

輝夜の小兎の涙を全体に塗ったそれは、中秋の名月よりも光り輝いている。あの艶やかな大兎に貫かれる瞬間を想像するだけで、心が跳ねる。跳ねて、跳ねて、跳ね回りすぎて止まらなくなって、天井に頭をぶつけて気を失ってしまいそうだ。

輝夜の視線に気づいた智登世が、照れたような笑みを浮かべる。そして顎をしゃくり、「尻、高くあげて」と命じるから、大兎から目を逸らし、智登世の言うとおりにした。

「姫という名称は綺麗で、いいな。ここからは輝夜の隠語に統一しよう」

「わ、わかった。では、姫で。でも、あっあっ」

指で触られると、反射的に窄んでしまう。これぱかりは、どうにもならない。

「す、すまぬ、智登世。でも、う、うう……っ」

「安心しろ。一応俺も知識はあるから。恥ずかしかったら、もう口を閉じろ」

あとは俺に任せろ――――。そんな言葉で、背後から抱きしめてくれた。

「あ、あ、あ……っ」

智登世の指が、姫をほぐす。固く窄んでいるはずなのに、あるはずのない場所に、智登世の指が潜りこんでいるのがわかる。輝夜の姫は、こんなにも柔軟だったのかと驚くほどに広げられ、輝夜は夢中で懇願した。

私の姫の奥深くまで、ずっぷりと挿しこんでくださいませ――――と。

「あぁあ……――――っ」

肉体が押し広げられる。いままで知らなかった衝撃が、輝夜を襲う。

「ん……んっ、んあ、あ……ぁんっ」

愛する智登世の逞しさに導かれ、肉体が変化する。

膝立ちになった智登世が、輝夜の細い腰をつかみ、体重を預けるようにして身を傾ける。

時間をかけて根元まで押しこまれた智登世のものは、それはそれは力強く、輝夜の小兎がさっきから大量の涙を流している。

「……ぁっ、はぁっ、はあぁっ」

「痛くないか？　輝夜……っ」

智登世の息も弾んでいる。気持ちがいいのだ。興奮しているのだ。輝夜のように。

智登世は大きくて強くて硬かった。小柄で柔らかい輝夜とは、なにからなにまで違っていた。異なる肉体が愛ゆえに結ばれ、ひとつの新しい命を芽吹かせる営みの、なんと尊いことか。

愛する人と結ばれる行為は、人生の至福だ。こんなにも満たされ、狂おしいほど愛おしい時間を共有できるのだから。

「ぁああ、智登世……っ」

突きあげられ、体が浮く。貫かれたまま上半身を起こし、月の光を浴びながら放った。股間と胸の、両方を同時に愛してくれる智登世の腕に手を重ね、指を絡めて腰を振る。

「嬉しい、智登世、とても……」

「俺もだ、輝夜。……大事にするよ、一生」

「智登、世……っ」

智登世が腰を前後に揺らす。押しあげられるたび唇から、熱い息が漏れる。

輝夜の中が狭いのか、行き来するのに手こずっているようだが、それが想像を絶する刺激を生みだし、智登世と輝夜の双方に無限の歓喜をもたらしてくれる。

「なんという、奇跡じゃ……」

肩越しに智登世を見あげ、智登世の頭に手を回し、引き寄せる。しゃぶりつくように唇を求め、接吻し、双方が激しく腰を動かす。

擦(こす)られるたびに情熱が迸り、輝夜の体が嬉々として跳ねる。生えてしまった両耳も、邪魔になるほど大きく揺れて、輝夜の悦びを視覚で智登世に伝えてしまう。耳を引っこめる努力はしているのだが、引っこめてもすぐ生えてしまうから厄介だ。

充(み)ち満ちた愛ですっかり重くなった腰を、智登世が抱きかかえて仰向けにしてくれる。すべて見られても、もう大丈夫。それどころか全部見られたい。見てほしい、智登世に。

「……綺麗だよ、輝夜」

そう言って顎に手を添え、唇を啄みながら、眩しそうに目を細めてくれた。

「輝夜の目に、月の光が反射している」

「智登世の目には、私の目に反射した月光が……投映されておる」

まるでプラネタリウムのようじゃと笑い、輝夜は自ら膝を割った。しとどに濡れる姫を晒し、震える指で広げて示し、「挿(い)れてくだされ」と吐息混じりに懇願する。

智登世がゆっくり押し入ってくる。その逞しい首に腕を回し、髪に指を埋め、夢中で唇を押しつけた。密着している腰をさらにぶつけあい、嬌声(きょうせい)を放っては涙した。

「智登世、智登世、孕みたい。孕んでもよいか、おぬしの子を……っ」

「もちろんだ。愛してる、輝夜……っ！」

「愛している、智登世、智登世、ぁあっ、あ――――……！！」

智登世が満ちる。奥まで届く。輝夜の中に命を植える。

体内で愛が燃えさかる。腰が熱い。お腹が熱い。智登世が熱くて意識が飛ぶ。

欲して欲され、求めて求められ、絡まりあって、ひとつになる。

「かぐ、や……っ」

「ぁあああ……――っ」

いまこそ私に、植えつけてくれ。

智登世の愛で、孕ませてくれ――。

〇〇〇

満月バーガー持参でマンションの屋上に移動した宇佐吟は、今夜ひとりでお月見だ。

なにせ今宵は中秋の名月。夜空を見あげないという選択肢はない。

艶めかしい声が、ときおり夜風に乗って届く。マンションの二階の窓からだ。

序盤は喘ぎ声を抑えていたようだが、ほどなくして我慢の限界を超え、いつしか雅楽よりも美しい囀り（さえず）りに変化している。なんと気持ちよさげな音色だろうか。

「やりおるな、竹垣め」

結構結構と頷いて、前歯でポテトフライを忙しなく嚙む宇佐吟である。

見あげた満月では、兎が餅つきをしている影が見えるような、見えないような。丼に入ったラーメンの麵を、箸で持ちあげる構図にも似ているような、似ていないような。

「餅は故郷にもございまするが、満月バーガーやラーメンは、地球にしかございませんからのぅ」

いまごろ故郷の月族は、リュックの中のラーメンやハムを発見し、作って食べているだろうか。こちらで着ていた衣服なども、みなで試着しているだろうか。

んはぁあ〜ん……と、ひときわ悩ましい声が夜空に響いた。あの声音から察するに、どうやら、ついに……の、ようす。

月での繁殖は叶わなかったが、せっかく殿組派生に生まれた御身、この地球で存分に御子を成してほしい。

竹垣を見た瞬間から宇佐吟は、「こいつは危険だ」と察知していた。竹垣の人となりを知るにつれ、信頼が増すと同時に警戒心が働いた。「互いを意識されてしまったら、月へ帰れなくなるぞ」……と。

運命の相手なのは、最初から勘づいていた。そうでなければ、わざわざ地球へ飛ばされたりしない。竹垣の腕の中に、引き寄せられるはずがないのだ。

「宇宙とは、かように広うございますのになぁ」

よう巡り会えましたなぁ――。

いまは心から応援している。幸せな家庭を築くため、全力で力添えする所存だ。

「この宇佐吟、いつまでも輝夜どのの護衛でございまするぞ」

満月に誓った宇佐吟は、バンズの間にみっちり詰まった卵とパティと甘だれソースが零れないよう、慣れた手つきで器用に構えた。そして――。

「地球、さいっこーっ！」

月に向かって叫び、パクッと勢いよく食らいついた。

おわり

もぐ
もぐ

あとがき

こんにちは。可愛くて心ほんわか、くすっと笑えて胸がきゅんきゅんする、ロマンティックなラブストーリーが得意な綺月陣です。……ちょっとだけ嘘ついた。

このたびは令和版・かぐや姫をお手にとってくださり、ありがとうございます。二十年ぶりに、プロットの修正に大苦戦した今作。自身のメンタル優先で、自主的にプロットを下げかけた瞬間もありましたが、担当様と相談の末、最初のプロットに戻していただきました。でもその時点で、作品に対する熱は激減。これはキツい執筆になるぞ……と弱気のままに書き始めれば、なんと冒頭五行で楽しくなって前傾姿勢、タイピングする指が超ノリノリ！　輝夜が智登世と出会うシーンなどは、気密性の高い上映ドームにいるような臨場感に包まれて、「来た来た！」と手応えに喜び、きゃーきゃー萌え転がりました。

結果、こんなにも愛おしい物語を一瞬でも無きものにしようとした私ってバカ！　と自分の短絡さを責めたくなるほど、多幸感満載で書き終えることが叶いました。書いて良かった。書けて万歳！　私を信じて任せてくださった担当様、ありがとうございました！

あまり書かないタイプの攻め・智登世。登場する料理もインスタント中心です。輝夜と宇佐吟が非現実的だからこそ、智登世は私がイメージするリアルな青年にしました。

受けの輝夜は、古風な思考が説教臭くならないように……と思っていたら、説教とは無縁の語り口調で助かりました。宇佐吟ともども、すごく書きやすいキャラでした。あまりに書きやすかったため話が兎跳びのように弾み、依頼もないのに掌編を提出してしまうほど（笑）。まだ書きたい、書き足りない。智登世と輝夜と宇佐吟、大好きです。

本文中、段落の区切りを◆と◇と○で使い分けています。◆は智登世視点、◇は輝夜視点、そして満月をイメージした○は宇佐吟の視点です。そうだったのか、といま気づいてくださった方、視点切り替えマークをチェックしつつ再読などいかがでしょう。キャラと一緒に何度でも塩ラーメンを啜っていただければ幸いです。あ、ハムをお忘れなく。

末筆になりましたが亜樹良のりかず先生、イメージを凌駕(りょうが)する作画に感謝します！

綺月陣　拝

二〇二三年六月二十日

本作品は書き下ろしです。

ラルーナ文庫

この本を読んでのご意見・ご感想・ファンレターなどお待ちしております。〒110-0015 東京都台東区東上野3-30-1 東上野ビル7階 株式会社シーラボ「ラルーナ文庫編集部」気付でお送りください。

プラネタリウムの輝夜姫（かぐやひめ）

2023年9月7日　第1刷発行

著　　者｜綺月 陣（きづき じん）
装丁・DTP｜萩原 七唱
発　行　人｜曺 仁警
発　行　所｜株式会社 シーラボ
〒110-0015　東京都台東区東上野3-30-1　東上野ビル7階
電話　03-5830-3474／FAX　03-5830-3574
http://lalunabunko.com
発　売　元｜株式会社 三交社（共同出版社・流通責任出版社）
〒110-0015　東京都台東区東上野1-7-15
ヒューリック東上野一丁目ビル3階
電話　03-5826-4424／FAX　03-5826-4425
印刷・製本｜中央精版印刷株式会社

ISBN978-4-8155-3285-7